書下ろし

待つ春や

風の市兵衛⑱

辻堂 魁

祥伝社文庫

目次

『待つ春や』の舞台

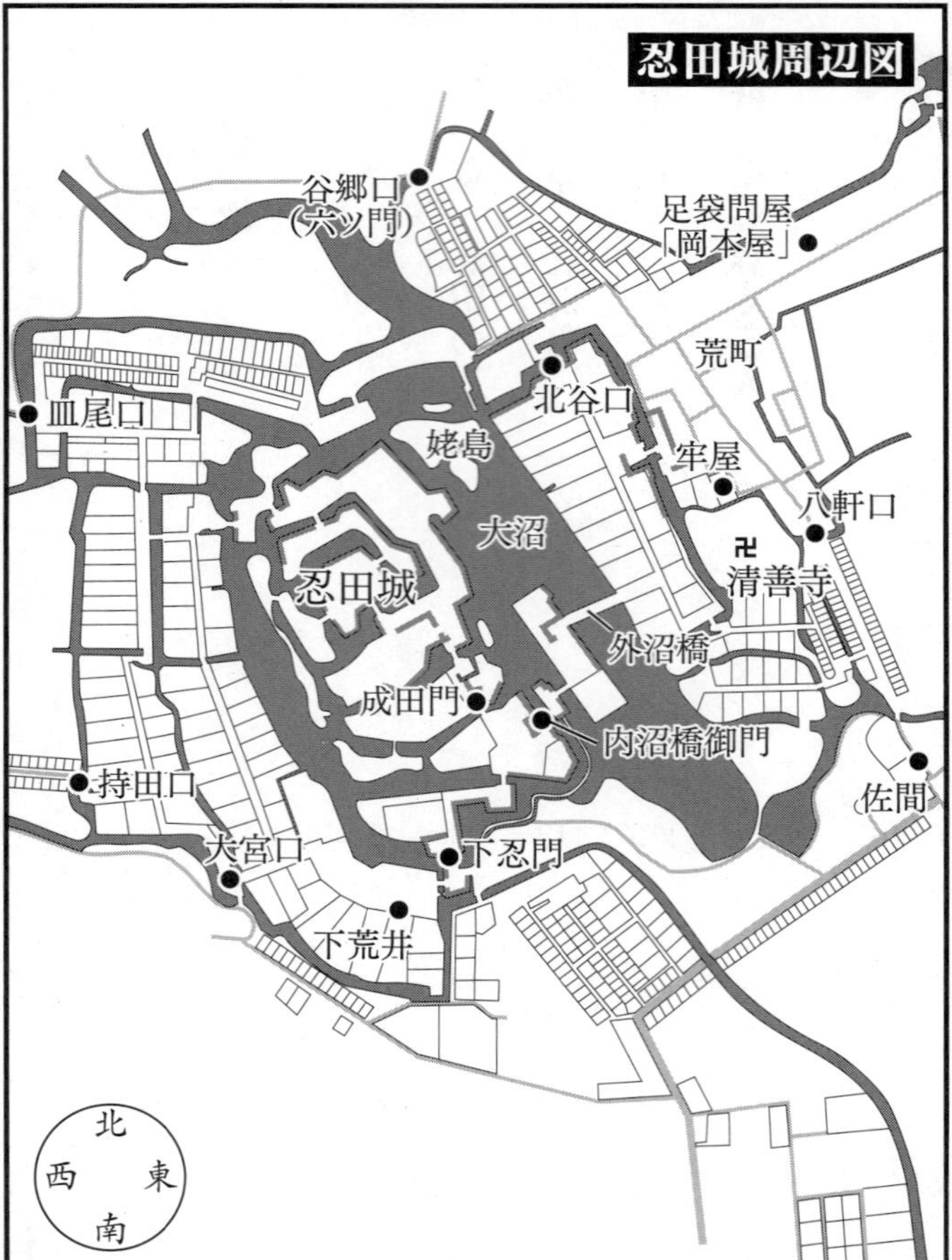
忍田城周辺図
谷郷口
(六ッ門)
足袋問屋
「岡本屋」
荒町
北谷口
皿尾口
姥島
牢屋
八軒口
大沼
卍
清善寺
忍田城
外沼橋
成田門
内沼橋御門
佐間
持田口
大宮口
下忍門
下荒井
北
西
東
南

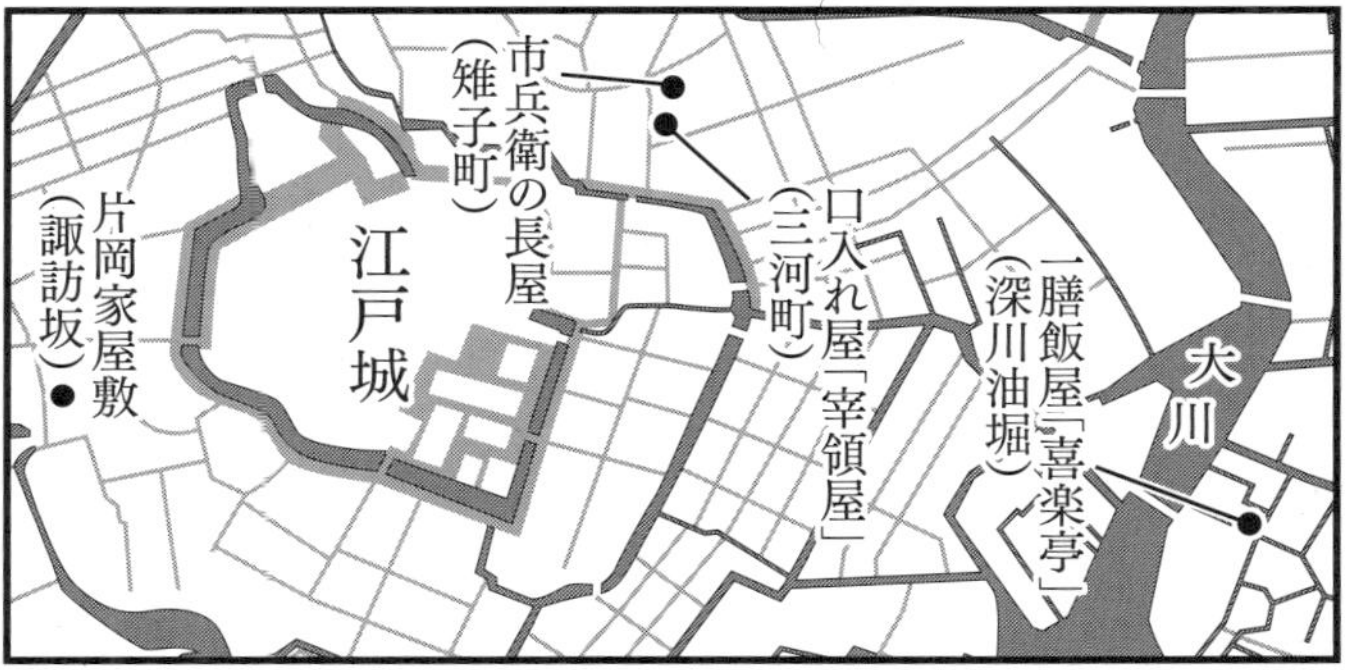

江戸城
市兵衛の長屋（雉子町）
口入れ屋「宰領屋」（三河町）
片岡家屋敷（諏訪坂）
一膳飯屋「喜楽亭」（深川油堀）
大川

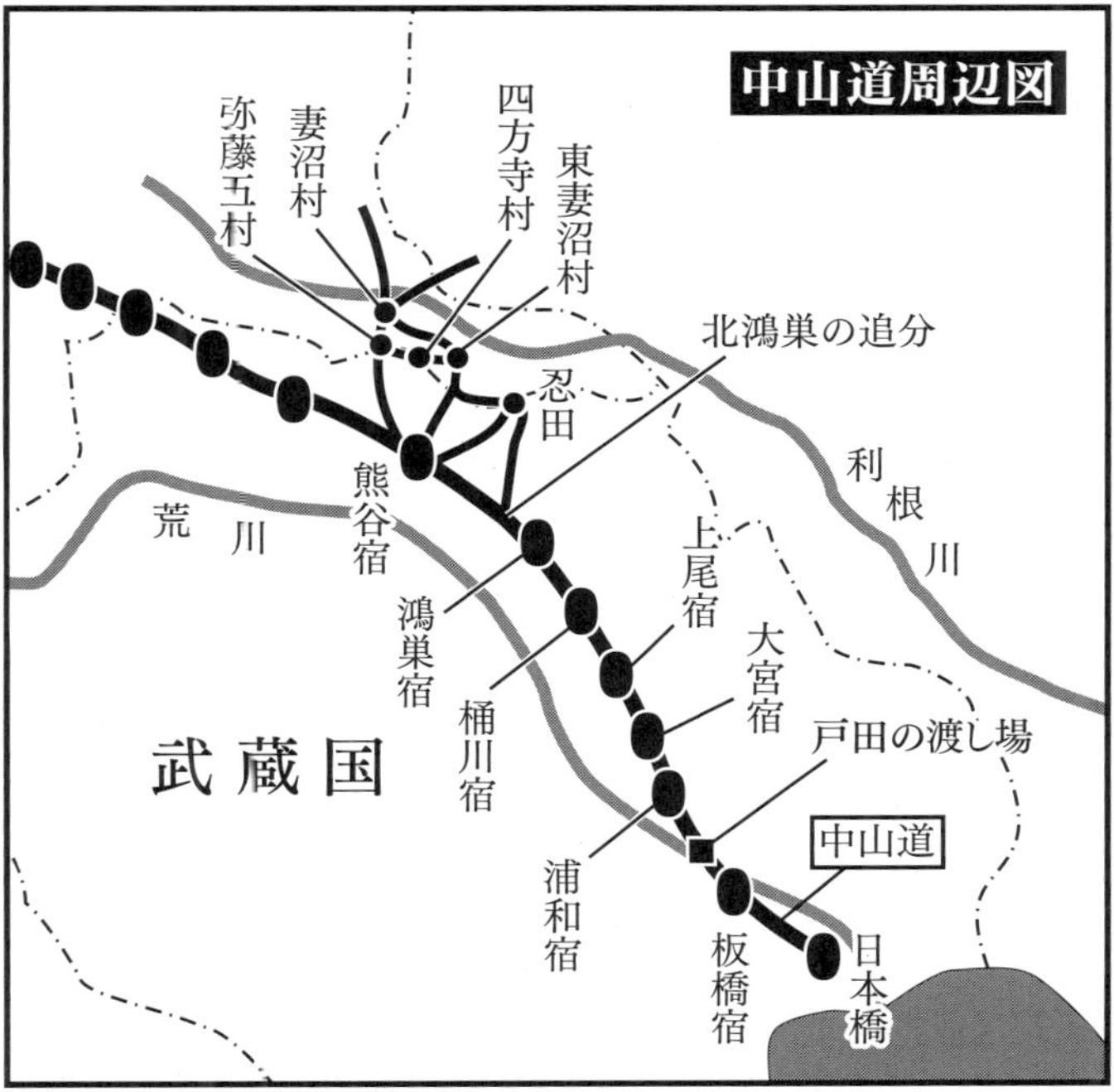

中山道周辺図
弥藤五村
妻沼村
四方寺村
東妻沼村
北鴻巣の追分
忍田
熊谷宿
荒川
利根川
上尾宿
鴻巣宿
大宮宿
桶川宿
戸田の渡し場
武蔵国
中山道
浦和宿
板橋宿
日本橋

地図作成／三潮社

序章　北武蔵《きたむさし》

公儀《こうぎ》御鳥見役《おとりみやく》・大葉《おおば》桑次郎《くわじろう》と仕手方の六助《ろくすけ》が、武州忍田《ぶしゆうおしだ》城下と妻沼《めぬま》村の南の弥藤五《やとうご》村を結ぶ脇往還《わきおうかん》から熊谷館《くまがやたてばやし》林往還に道を変え、今井《いまい》村に差しかかったとき、赤い夕焼けの帯を西の空に残して、冬の短い天道《てんとう》が沈んだ。

日の名残りはたちまち色褪《あ》せ、田野の道を黄昏《たそがれ》に包み、ほどなく分厚い靄《もや》のような宵闇《よいやみ》が、北武蔵《きたむさし》の景色を墨《すみ》色に染《そ》めた。

天空には、ちらほらとまたたく星が見え出した。

大葉は、六助が連尺《れんじやく》で背負った行李《こうり》から手丸提灯《てまるぢようちん》を出し、火を入れた。

「この分だと、熊谷へ着くのは五ツ（午後八時頃）をだいぶ廻るでな」

手丸提灯をゆく手へかざし、六助に野羽織《のばおり》の背中を向けたまま言った。

鳥見役が山野を廻るときに従える仕手方の六助は、言葉を発して身体の中の熱が奪われるのを惜《お》しむかのように、落日とともに急におりてきた寒気に凍《こご》えた手

を、背中を丸めた両脇へ差し入れ、

「はい。この分では……」

と、言葉少なにかえした。

夕焼けの空を飛び交っていた烏《からす》の鳴き声も、宵闇の迫る今は消え去った。

大葉と六助は、田野の道を急いだ。

やがて林道になり、両側に楢《なら》や樫《かし》、楓《かえで》、椎《しい》などが黒々とつらなる樹林の間を、往還は南へひと筋にのびていた。

手丸提灯のほのかな明かりは、枯れ葉が覆《おお》う林道の、せいぜい二間《けん》（約三・六メートル）ほど先を心細げに照らすばかりだった。

あたりは敷《し》きつめた枯れ葉を踏むささやき声のような草鞋《わらじ》の音以外、重たく物《もの》寂《さび》しい沈黙に閉ざされていた。

今宵《こよい》は熊谷宿で宿をとり、明日は松山《まつやま》へ抜け、江戸へ戻るのは明後日……と考えていたとき、道の前方より数個の人影が枯れ葉をざざめかせ、こちらへ向かってくるのを認めた。

大葉は歩みをゆるめ、編笠《あみがさ》を少し持ち上げた。

この刻限に、近在の百姓とは思えなかった。

われらと同じく、やはり道を急ぐ旅人か。旅人ならば武士か商人《あきんど》か。と思ったが、すぐに旅人ではないと気づいたのは、人影が暮れなずむ林道を、明かりも持たず歩んでくるからだった。

大葉は歩みを止め、六助へふり向いて言った。

「人がくる」

六助は立ち止まって、目を大葉の前方へ投げた。そして、暗がりを探るように首をかしげ、

「た、旅人でしょうか」

と、言葉にかすかな怯《おび》えをにじませた。

その間も、人影の足音が次第に近づいてくる。

大葉は人影の様子を見守りつつ、「違うでな」とこたえた。

「旅人や百姓なら、明かりを持たぬはずがねえぞ」

「えっ？　で、では……」

そのとき、後方からも枯れ葉を踏む音が近づいてくるのを認めた。

六助も気づいて、「大葉さま、う、後ろにも……」と声を震わせた。ただならぬ気配だった。

「いくぞ。油断すな」

大葉は用心に刀の柄袋《つかぶくろ》をとりつつ、再び歩み出した。

やがて、前方に近づく人影の侍らしき様子を、手丸提灯の明かりがぼんやりと浮かびあがらせた。侍が四人、菅笠《すげがさ》を目深《まぶか》にかぶり、たっつけ袴《ばかま》に二刀を帯《お》び、四人ともに袖《そで》なしを羽織《はお》っていた。

後方へ一顧《いっこ》すると、同じく怪しげな数個の人影が迫っていた。

大葉と六助は林道の右側を足早に進み、四人に軽い会釈を投げてすれ違い、やりすごそうとした。だが、前方の四人は幅二間ほどの林道のゆく手を阻《はば》むように立ちはだかった。

やむを得ず、大葉と六助は歩みを止めた。手丸提灯を高くかざし、前方へ向けた。すると、後方よりの枯れ葉を踏む足音も止まった。

「どなただね。なんぞ、用かね」

大葉は前後に目配りしつつ、前方に声をかけた。

「幕府の、鳥見役だな」

四人の中のひとりが、質《ただ》すような太い声を寄こした。

まずい、と思ったが、さり気なさを装《よそお》った。

「ふむ、そうだ。阿部《あべ》家のご家中の方々かね」

「幕府の鳥見役が、わが領国で何を探っていた」

「領国と言っても、八州は元々、徳川《とくがわ》さまのご家臣に与えられた徳川さまのご領地だ。鳥見役は徳川さまに代々お仕えし、鳥を追い野山を廻る身分低き者。それがしごときに気むずかしいことを訊《き》くもんでねえ」

「徳川さまのご領地とは、鳥見役ごとき身分低き者がほざいたな。わが領国内にて勝手なふる舞いは許されん。領内で狼藉《ろうぜき》を働いた者は、領内で処罰する」

「待て。落ち着け」

「それが阿部家のご法度《はっと》だ」

言うや否《いな》や、侍のひとりが刀の柄に手をかけ大葉へ迫った。

二人が左右後方より向かってきた。

踏み出した四人の草鞋が、枯れ葉を左右に蹴散《けち》らした。

菅笠に隠れた顔は見えず、ただ抜き放った白刃《はくじん》に手丸提灯の火が鋭く映《は》えた。

「御公儀の役人を斬《き》るつもりか」

大葉は怒鳴《どな》った。

六助とともに後退《あとじさ》り、手丸提灯を投げつけた。

侍は手もなく提灯を薙《な》ぎ払った。火がかき消え、林道が闇に包まれた途端、

「わあっ」

と、後ろの六助が悲痛な声をあげた。

背後からの袈裟懸《けさがけ》を浴びて、六助は身を布のようによじらせ、枯れ葉を舞いあげて転倒した。

「六助っ」

大葉は叫んだ。

すかさず、背後のもうひとりが打ちかかってきた刃を、抜刀と同時に鋼《はがね》を鳴らして受け止めた。

しかし、それを打ち払う間もなく、背中に深い一撃を見舞われた。

骨をもくだく衝撃に、大葉は悲鳴をあげた。

道端の藪《やぶ》の中へと、はじけ飛んだ。

はじけ飛びざま、脾腹《ひばら》に追い打ちの一刀を、これも深々と受けた。

藪の中を転《ころ》がった大葉の耳元で、喘《あえ》ぎ声のように血の噴く音がした。痺《しび》れが身体中を廻り、痛みすらを奪っていった。

それでも刀を杖《つえ》にして、懸命《けんめい》に起きあがった。わずかに残った知覚にすがり、

藪の奥の暗闇目指してよろけていった。

「逃がすな」

声が追いかけてきて、大葉のきれぎれの吐息にからみついた。

藪を分け、草を払い、懸命に走った。木の幹へしたたかにぶつかり、足がもつれた次の瞬間、枯れ草に覆われた窪地《くぼち》へ転落した。

倒れた身体の上に、灌木《かんぼく》の折れた枝や枯れ草が降りかかった。

すると、窪地のすぐ上を数個の足音が走りすぎていった。

「どこだ。捜せ」

「近くにいるはずだ」

「かまわん。明かりをつけろ」

窪地から離れたところで、男たちの低い遣《や》りとりが交わされた。

これまでだと、大葉は思った。

血の噴く音が絶えず聞こえていた。はらわたがはみ出すほどの疵《きず》を受けたことがわかった。もう起きあがれなかった。なのに、編笠のなくなっていることが気になった。女房に、どこへおき忘れたのですか、と責められると思った。

激しい悲しみに捉《とら》えられた。

だが、それも束《つか》の間《ま》だった。吐息とともに、わずかに残っていた知覚が薄れていったからだ。あたりはいっそう暗く、血の噴く音も聞こえなくなり、いっそう静まっていった。

と、そのとき、枯れ草を分けて人影が窪地に倒れた大葉をのぞきこんだのがわかった。のぞきこんだ影が何かを言ったが、もう何も聞こえなかった。

影が大葉の懐《ふところ》を探って、懐の手控《てびかえちょう》帖を抜きとった。

命を奪われる間際に、懐の物を奪われても惜しくはなかった。

ただ、江戸に残した妻と子に、済まぬ、とだけ思った。

その月並の江戸城登城日、朝五ツ（午前八時頃）までに登城した諸大名は、四ツ（午前十時頃）の将軍謁見《えつけん》まで、外様《とざま》大名や御留守居《おるすい》は大広間、五位の外様大名は柳之間《やなぎのま》、松の大廊下わき、上の御部屋に御三家《ごさんけ》、同じく下の御部屋に御連枝《ごれんし》、そして譜代《ふだい》大名は帝鑑之間《ていかんのま》というふうに、それぞれの御部屋につめ着座していた。

帝鑑之間は広さ三十八畳半。岩に鷲《わし》、滝に鯉《こい》などの襖絵《ふすまえ》に、壁の山吹《やまぶき》に浜松《はままつ》、天井には錦紋《きんもん》が描かれている。

月並の登城日、諸大名の着衣は半袴《はんがみしも》である。

冬ではあっても、火鉢《ひばち》や座布団《ざぶとん》などはなく、茶を喫《きっ》することもできない。

殿中では供の家臣は蘇鉄《そてつ》之間に控え、身のまわりの事柄は表坊主《おもてぼうず》に任《まか》せなければならない。そのため、諸大名には頼みの表坊主が必ずいた。

五ツすぎ、帝鑑之間につめていた武州忍田領当主・阿部豊前守武喬《ぶぜんのかみたけたか》の傍《かたわ》らに、その頼みの表坊主が進み寄り、耳打ちした。

豊前守は小さくひとつ頷《うなず》き、左右の大名衆に会釈をして座を立った。

表坊主に導かれ、帝鑑之間を出て南御椽《ごでん》を桜之間へ折れ、南北に十八間（約三二・四メートル）、幅二間半（約四・五メートル）に九十枚の青畳《あおだたみ》を敷きつめた松の大廊下を進んだ。

松の大廊下は、中庭側の戸がすべて閉じられて薄暗く、戸の上の明かりとりの障子《しょうじ》ごしより射しこむ白く淡《あわ》い光が、青畳に深い輝きを落としていた。

諸大名の登城はすでに終わり、人影はないはずだった。

息苦しいほどの静寂《せいじゃく》のときが流れ、表坊主の歩む摺《す》り足の音だけが、なぜか耳障《みみざわ》りだった。

しかし、豊前守は、松の大廊下の人影に気づいていた。

上の御部屋と下の御部屋の中ほどの、松と白波《しらなみ》の襖絵を背に端座《たんざ》している黒の裃姿に気づいたのは、桜之間をすぎたときだった。

南御椽を折れたときは、気づいていなかった。

黒裃の人影は前方の青畳へ目を落とし、石像のように気配を消していた。

片岡信正《かたおかのぶまさ》、と表坊主から名を聞いても、すぐに顔が思い浮かばなかった。

以前、湯呑《ゆのみ》所へ向かう中之口の御廊下でゆき違い、辞宜《じぎ》をされた覚えがある。

その折り、表坊主から公儀十人目付役筆頭《めつけやくひっとう》格の片岡信正と聞いた。

片岡信正が、桜之間をすぎた豊前守のほうへ膝《ひざ》をなおし、手をついて頭《こうべ》を深々と垂《た》れたのが見えた。

ああいう男だったか……

目付役の片岡がなんの用だ。豊前守は訝《いぶか》しんだ。

表坊主が、片岡と二間余の間まで歩み寄り、片岡に対座して同じく畳に手をついた。表坊主は、静かな語調で言った。

「阿部豊前守さまの、おこしでございます」

さらに頭を低くした片岡の、黒裃の下の白衣が冷ややかだった。

豊前守は、片岡とおよそ三間（約五・四メートル）を隔《へだ》て、大廊下中央に着座した。

「公儀目付役を相務めます片岡信正でございます。阿部豊前守さまをこのような処《ところ》にお呼びたていたし、まことに畏《おそ》れ入り奉《たてまつ》ります。ご無礼の段、ひらにお詫《わ》び申し上げます」

片岡は手をあげず、張りのある低い声で慇懃《いんぎん》に詫びた。

「片岡どの、手をあげられよ」

豊前守は、少し横柄《おうへい》にかえした。

片岡は手を黒袴の膝に乗せ、やおら上体を起こした。目は豊前守との間の青畳になおもじっと落としている。しかし、くっきりと濃《こ》い眉《まゆ》の下のきれ長の目に、通った鼻筋と凜《りん》と結んだ唇が、この男の強い意志を感じさせた。

真一文字の口元のひげ剃《そ》り跡が青く、綺麗《きれい》な月代《さかやき》の上に結《ゆ》った一毛の乱れのない髷《まげ》、また広い肩幅に似合う黒の裃姿が、まるで絵に描いたようだった。

歳は五十一代の半ばと聞いていたが、そうは見えなかった。もっとずっと若々しく見えた。

豊前守はかすかな気おくれを覚えた。

片岡の上体を起こした仕種《しぐさ》を機に、表坊主が声もなく退《さが》っていった。

豊前守は、長い松の大廊下に片岡と二人だけになった。自分の乱れた吐息と胸の鼓動を聞かれぬように、先を促《うなが》した。

「片岡どの、御用の向きを申されよ」

片岡は豊前守へ黙礼をかえし、「失礼」と膝を進めた。そして、物思わしげな顔つきを豊前守の膝の前に落としたまままきり出した。

「卒じながら、豊前守さまに申しあげます。今月の初めのことでございます。武州今井村はずれの林間におきまして、若年寄さま配下御公儀鳥見役・大葉桑次郎並びに、大葉桑次郎の仕手方・六助の斬殺された亡骸《なきがら》が見つけ出されました。亡骸は埋葬されたのではなく、枯れ葉や石ころや土をぞんざいにかぶせて人目より隠す狙いで埋められており、通りかかった今井村の百姓が、連れていた犬が林道でしきりに吠えたてるゆえ不審に思い、付近を掘りかえしたところ、両名の亡骸が見つけ出された、と聞いております。その一件につき、豊前守さまはお聞きおよびでございましょうか」

「いや。知らぬ。それが？」

豊前守は、殊《こと》さらに素《そ》っ気《け》ない返事をした。

「申すまでもなく、今井村は阿部家ご領地の忍田領でございます。村役人が阿部家郷方《ごうかた》に至急知らせ、郷方が出役いたし、一件はひととおりお調べが行なわれました。冬場の寒冷な気候もあって、亡骸の傷《いた》みは、さほどではございませんでした。埋められて数日ほどがたっており、一体は侍にて背中と腹に疵を受け、胸に止《とど》めらしきひと突き。従者と思われた風体《ふうてい》のもう一体は、背中にひと太刀と、同じく止めのひと突きを受けておりました。当初、殺害された両名は旅姿であり、懐の物が奪われておりましたため、身元は不明でございました。旅人を狙った追《お》剝《は》ぎ、強盗の仕業《しわざ》が疑われる以外、詳細な事情は判明せず、阿部家郷方が、今井村を始め近在の村、熊谷宿、また館林方面への往還沿いの村々の訊きこみをいたしておりましたところ、偶然、福《ふく》川南岸の東妻沼《ひがしめぬま》村の者から、その旅人なら、という証言を聞くことができ、両名の消息が知れたそうでございます」

片岡は落としていた目を、青畳を這《は》うようにわきへわずかに流した。

「東妻沼村は、忍田城下と弥藤五を結びます脇往還の継立《つぎたて》場でございます。継立場ということもあって、近年、旅籠《はたご》や茶屋が軒《のき》をつらね、在郷商人なども店をかまえ、近在の者も多く集まって農間の余業にいそしむ、村らしからぬ繁華な宿場に変貌《へんぼう》しつつあるようでございます。殺害された両名はその東妻沼村の旅籠に、亡骸が見つけ出される三、四日前まで投宿いたしておりました。侍の名は大葉桑次郎、今一名が従者の六助とわかり、さらに、大葉は御公儀の鳥見役らしいという話が聞けたのでございます。郷方は、まことに御公儀の鳥見役ならばこれは一大事と頭《かしら》に報告いたし、急ぎ江戸御用屋敷に問い合わせ、御用屋敷より若年寄さま配下の鳥見組頭に確かめますと、両名が御公儀鳥見役の大葉桑次郎と仕手方の六助に相違なしと、判明いたしたのでございます」

豊前守は、眉間《みけん》に薄い皺《しわ》を刻《きざ》み、聞き入った。聞き入りつつ、内心に覚えた狼《ろう》狽《ばい》を、身動きせずに平然とした素ぶりで隠した。

「さようか。御公儀の鳥見役の大葉桑次郎どのと仕手方の六助が、わが忍田領内の往還にて、旅人の懐を狙った追剝ぎ強盗の仕業によって落命いたしたのは相わかった。奉行に命じ、追剝ぎ強盗を働いた者どもを即刻召し捕るよう、厳重に申し伝えておけばよろしいのだな」

豊前守がさり気なくかえした。すると片岡は、わきに流した目を、一瞬、豊前守へ向け、「はい」と頷いた。だが、

「さりながら、豊前守さまに申しあげます」

と、すぐに続けた。

「大葉桑次郎並びに六助の殺害が、追剝ぎ強盗の仕業と、決まっておるわけでは

ございません。それは阿部家の郷方の見方であり、そうではないか、という疑いにすぎないのでございます」

豊前守は、訝しげに唇を結んでいた。

「これから申しあげます事柄は、わたくしの一存でございますゆえ、豊前守さまおひとりの御腹の内にお仕舞《しま》いいただきますよう、何とぞ、お願い奉ります」

「わがひとりの、腹の内に？」

「さようでございます」

片岡は言った。

「すなわち、御公儀鳥見役が、御鷹匠《おたかじょう》につき武州を始め、関東八州《かんとうはっしゅう》を鳥見と称して見廻る役目柄、徳川家ご譜代の、八州諸大名さま方の領国内の山野をも廻り歩きますのは、決して不審なふる舞いではございません。また、御公儀鳥見役が元来、八州の防備を念頭に、山谷の地理地形を探索する役目を負っておることも、八州諸大名さま方にはご了解いただいております事情と、存じ奉ります」

豊前守は黙然としている。

片岡は身を豊前守へさらに傾け、「のみならず」と続けた。

「およそ三十余年以前の寛政《かんせい》（一七八九～一八〇一）の世以来、御公儀鳥見役が負っております関東八州農村の農間余業の実情を調べる役目についてもまた、八州諸大名さま方にはご承知いただいておる事情と、忖度《そんたく》いたしております。御公儀は、自給自足の自作農による年貢米を基として、政《まつりごと》を推《お》し進めております。御公儀ではございますが、太平の世の諸国間の商《あきな》いが頻繁《ひんぱん》になるに従って、人が移動し、物が移動し、それにともない商いになくてはならぬ貨幣が諸国に流通し、農村にも貨幣流通の波が浸透《しんとう》する事態はとどめようがございません。農村では稼《かせ》ぎを求めて、米作りや農作以外の農間余業が盛んとなり、御公儀の望む農業を専《もっぱ》らとする百姓らの暮らしは変貌しつつあるのが、実情と申せましょう」

「それがとどめようのない実情と、お考えか」

豊前守は、白々と言った。

「はい。ではございますものの、わたくしは御公儀の推し進めます政が、ただ今の世の時宜《じぎ》にかなっているかどうかを断ずる立場にはございません。と申しますのも、ただ今の御公儀は、百姓らの暮らしのそのような変貌を危惧《きぐ》し、容認いたしてはいないのでございます。寛政期より、殊に関東八州における村を捨てた無《む》宿者《しゆくもの》を捕縛《ほばく》し、村においては神事祭礼を華美にいたさず、人々に質素倹約の暮らしを励行《れいこう》させ、芝居などの遊興を禁じ、風俗治安を厳しくとり締《し》まり、そうすることによって農間余業を抑え、農業を専らにいたすように推し進めておるのでございます。これはまさに、寛政の世より文政《ぶんせい》（一八一八〜一八三〇）の今にいたるまで続く八州における御改革と申すべきであり、その御改革を粗漏《そろう》なく執《と》り行なうために、文化《ぶんか》二年（一八〇五）に、関八州取締出役《とりしまりしゅつやく》という新たな役目を設《もう》けたのでございます。すなわち、八州の御改革はいまなおそのさ中にあるのでございます」

片岡は短く沈黙し、豊前守の様子をうかがった。

豊前守は、小さな咳払いをかえした。

「徳川家ご譜代の八州諸大名さま方におかれましては、当然、御公儀の八州御改革の主旨をご理解いただき、八州諸大名さま方ともどもに御改革を推し進めておるのでございます。ましてや、八州の要《かなめ》の地とも申すべき北武蔵の忍田領を押さえるご譜代・阿部家におかれましては、御改革にご賛同いただいておることは申すまでもあるまいと、若年寄さま始め幕閣の多くの方々は、お認めでございます。このたびの御公儀鳥見役・大葉桑次郎並びに仕手方・六助の斬殺の一件について、阿部家のかかわりを疑う方々など殆《ほとん》どおられません」

松の大廊下は、冬の冷えきった静寂に包まれていた。

にもかかわらず、額《ひたい》に浮いた薄い汗を、豊前守は指先でそっとぬぐった。

「しかしながら、殆どは、すべて、ではございません。鳥見役斬殺の一件に別の懸念《けねん》がまったくないわけでは、ないのでございます。豊前守さま、ある噂《うわさ》が若年寄さまのお耳に入っておるようでございますな。所詮《しょせん》は噂にすぎぬゆえ、ご執政のおとりあげは未だいたされておりません。とは申せ、その噂によりますれば、ここ数年来、忍田領内において御公儀の寛政以来推し進めておりました御改革に異を唱える方々が勢力をまし、その方々は、従来の米作りを専らにする農業は、今の世の実情に合わぬ御改革と見なし、領内を豊かにするために、人の流れ、物の流れ、貨幣の流れを阻害してはならず、農民らに農間の余業をむしろ奨励すべしと唱えられている、とのことでございます。そのお考えがただ今の世の時宜にかなっているともいないとも、わたくしは申す立場にはございません。わたくしが申しますのは、そのお考えをお持ちの阿部家の方々と、八州の山野を見廻り歩く御公儀鳥見役・大葉桑次郎ら斬殺の一件とのかかわりを、疑う声が聞こえておる、ということなのでございます」

「埒《らち》もない……」

豊前守のかすれ声がもれた。

しかし、片岡はそれを聞き逃さなかった。

「まことに、埒もない疑念でございます。阿部家はご老中さまをもお務めになられた幕府中枢《ちゆうすう》の由緒あるお家柄。阿部家に対してそのような疑念を抱くなど、畏れ多いことと申さざるを得ません。ただ、煙あれば火あり、とも申します。速《すみ》やかに御公儀鳥見役・大葉桑次郎ら斬殺の一件の真の事情子細をお調べになられ、厳しきご処置をこうじられますようお奨《すす》めいたします。万が一、火がくすぶっておりますならば、いたずらにときがたちますのは、阿部家にはよろしからぬ事態を招きかねぬ恐れがございます」

豊前守と片岡の間に、重たい沈黙が訪れた。豊前守の肩が、震えるように上下していた。乱れた呼吸の音が、沈黙の中に流れていた。

重たい沈黙を、片岡が破った。

「何とぞ、目付ごときがとお腹だてなさいませんようにお願い奉ります。これはわたくしの一存ではございますが、今はまだわたくしの一存と、お考えいただきたいのでございます」

すると、豊前守のこめかみにひと筋の汗が伝った。

第一章　忍田《おしだ》の道

一

堀通り辰《たつ》ノ口より和田倉《わだくら》門をくぐった西御丸下の、北武蔵忍田領阿部家の上屋敷を、元阿部家の家士で、今は下谷《したや》に庵《いおり》を結ぶ俳諧《はいかい》師・芦穂里景《あしほりけい》が訪ねたのは、それから十日ばかりがすぎたその月の下旬だった。

空を覆《おお》う白い雲を透《す》かして薄日が射しているものの、ここ数日の、冷たい石に触れているような寒気は、五十代の半ばの里景に少々こたえた。

里景は、阿部家上屋敷の、奥向き御主殿の十数畳の御客間へ通されていた。

座敷の奥には上段の間があって、襖《ふすま》にも鏡板にも、欄間《らんま》にも天井にも、奥向きらしい優美な装飾が施《ほどこ》され、艶《あで》やかな模様が描かれていた。

座敷を廻る縁側から、漆喰《しっくい》の白壁に囲われた内庭が広がっていた。庭には石灯籠《いしどうろう》と築山《つきやま》、築山の向こうに老松が四方に枝をのばし、数羽の雀《すずめ》が老松に射す薄日と戯《たわむ》れるように、枝から枝へと飛び交っていた。

里景は上段の間に向いて端座《たんざ》したまま、庭の景色へ目を遊ばせた。そして、

老松や残り日淡《あわ》き冬雀

と、老松にわが老いをなぞらえ、雀へ話しかけるように詠《よ》んだ。

寒さが身に応《こた》える歳だ、と自分への言いわけに呟《つぶや》いた。

部屋はしんと冷え、むろん、手あぶりの火の気すらない。

ほどなく、廊下を人の気配が近づいてくるのがわかった。側女中の声が「奥方さまのお見えでございます」と、襖の向こうからかかった。

里景は上段の間へ向きなおり、畳《たたみ》に手をついた。

頭《こうべ》を垂《た》れた里景の眼差《まなざ》しの前を、前褄《まえづま》の裾《すそ》からのぞく白足袋《たび》が掻取《かいとり》の長い裾を引き摺《ず》って静かに右から左へ横ぎり、上段の間の下に着座するのが見えた。しかし、上段の間は見えず、阿部豊前守武喬のご正室・摩維《まい》が、ほのかな衣擦《きぬず》れとと

もに座につかれる気配を感じとったばかりだった。

側女中が、回廊を仕きる明障子《しょうじ》を閉じて廻り、老松に飛び交う冬雀の、もの問いたげな鳴き声はさえぎられた。

座敷は、明障子ごしの淡い明るみと静寂《せいじゃく》に包まれ、幼い童女のささやき声のような雀の鳴き声は、庭よりかすかに聞こえるのみだ。側女中が退《さが》ると、

「芦穂里景どの、手をおあげくだされ」

と、里景の左手に着座したお年寄のお滝《たき》の方が言った。里景は、手をついて頭を低くした姿勢を保ちつつ、上段の間へ少々震える声をかけた。

「奥方さまにおかれましては、ご機嫌麗《うるわ》しく、祝着《しゅうちゃく》に存じ奉《たてまつ》ります」

「里景、息災《そくさい》でしたか」

奥方が親しみのこもった言葉をかえした。

「ははあ……」

と、里景は畏《おそ》れ入り、頭をさらに低くした。

「里景どの、どうぞお手を……」

お滝の方が、再び促《うなが》した。

里景はやおら身を起こし、膝《ひざ》に手をそろえた。

だが、目は伏せたまま、上段の間の左手下に、笄髷《こうがいわげ》に下げ揚《あ》げの髪と半模様の掻取のお滝の方をさり気なく認めた。それから、上段の間の奥方のかもじをかけた下髪に総模様の掻取をまとった流麗な姿を、束の間《つかのま》仰いだ。奥方は三十代の半ば。上屋敷奥向きの総とり締《し》まり役であるお年寄のお滝の方も、まだ四十前の妖艶な色香を放っている。

お滝の方は、それでよい、というふうに里景へ頷《うなず》きかけた。それから、「奥方さま」と、上段の間へうかがいをたてる身ぶりを見せた。奥方が、ゆるやかにお滝の方へ首肯《しゅこう》したのがわかった。お滝の方は里景へ向きなおり、

「それでは里景どの、本日おこしいただいた用向きをお話しいたします。よろしゅうございますね」

と、沈着にきり出した。

里景は「はい」と、ひと言こたえた。

「奥方さまより里景どのに、お頼みいたしたい儀がございます。ただし、この儀は奥方さまのお頼みでございましても、お家の本式のお指図ではございません。奥方さまのご一存にて、里景どのに直々《じきじき》にお頼みいたす儀にて、奥方さまは、里景どのにお頼みいたすのがもっとも相応《ふさわ》しく、里景どのにしか果たせぬお務め

と、お考えゆえでございます」

「わたくしごときに、まことに畏れ多いことでございます。芦穂里景、奥方さまのお役にたてますならば、この上ない喜びでございます。何とぞ、いかようにもお申しつけくださいませ」

謹《つつし》んで言うと、奥方はお滝の方へ目配せした。

「里景どのは、笠木胡風《かさぎこふう》どのをご存じでございますね」

お滝の方が、声をいっそう低くした。

「笠木胡風はわが幼馴染みにて、幼きころより、神童と称《たた》えぬ者のない優れた男でございます。わたくしが馬廻役《うままわりやく》に就《つ》いておりましたころ、胡風は阿部家の儒者師範役として仕えておりました。ただ今は師範役を退き、東妻沼村に私塾・胡風庵を開き、近在の子供らには読み書きを習わせ、胡風を師と仰ぐ門弟らには儒学の教えを広めております。胡風は陽明学《ようめいがく》に造詣が深く、陽明学と申しますのは唐《から》の国の王陽明《おうようめい》が打ちたてた学問にて……」

「里景どの、笠木胡風どのに近ごろお会いになられたのは、いつのことでございますか」

お滝の方は、やわらげた声とは裏腹な、厳しい顔つきを見せていた。里景はお滝の方の厳しい様子に、戸惑いを覚えた。

「は、はい。近ごろではなく、もう一年半前に相なります。じつは一年半前、胡風が三十ほど歳の離れた若い妻を娶《めと》ることになり、その披露の宴に招かれて忍田へ帰郷いたしました。披露と申しましても、東妻沼村の古い百姓家に手を入れただけの粗末な胡風庵にて、胡風の門弟らに、手習に通う近在の子供らとその親たち、若きころ胡風の教えを受け胡風を今なお師と仰ぐ家中の方々、そして、わたくしのような胡風の幼馴染みばかりが集《つど》う、ささやかな宴《うたげ》でございました。その披露の場にて七年ぶりに胡風と会い、それ以来でございます」

「まあ、三十歳も歳の離れたお内儀《ないぎ》、でございますか」

「さようでございます。お内儀は名をお八《や》枝《え》と申し、胡風庵に手習に通っておりました村の百姓の娘でございます。通い始めたころは、十歳の童女でございました。驚くほど手習の筋と物覚えがよく、十七歳のときから村の子供らに読み書きを習わせる胡風庵の手習師匠を務めさせたと、胡風が申しておりました。親子以上に歳は離れておりますものの、胡風を師と仰ぐお八枝の敬愛の念が、妻になる決意をさせたと思われます」

「そうでございましたか。では、胡風どのはその若いお内儀を残し……」

「お滝の方さま、胡風の身に何かが、ございましたのでしょうか」

すると、お滝の方は物憂《ものう》い語調になった。

「忍田よりの知らせによれば、今日で四日目に相なります。笠木胡風どのが郷方《ごうかた》に捕えられ、ただ今は新店《しんたな》のお牢屋《ろうや》にて、おとり調べを受けておられます。嫌疑は、御公儀鳥見役の大葉桑次郎どのと従えておりました仕手方の六助の両名を襲い、殺害いたした罪でございます」

「御公儀御鳥見役の……」

里景はすぐには事態が呑《の》みこめず、あとの言葉が続かなかった。

「御公儀鳥見役と仕手方の亡骸《なきがら》は、熊谷館林往還の忍田領内今井村にて見つけられたのでございます。ところが両名は、殺害されたと思われる前日まで、忍田弥藤五脇往還の東妻沼村の旅籠《はたご》に逗留《とうりゅう》しておりました。御公儀鳥見役が、鳥見と称して八州の山野を天領と諸大名の所領にかかわりなく見廻り歩きますのは、怪しきふる舞いではございません。さりながら、両名は鳥見のお役目にはあらず、どうやら忍田領内の東妻沼村の事情を探る役目にてしばらく逗留していたらしく、それを聞きつけた胡風どのが、熊谷宿へ向かう両名をおそらくは門弟を率いて追い、今井村にて討ち果たしたというのでございます」

里景はひと呼吸をおいて、「お訊《たず》ねいたします」と言った。

「御公儀御鳥見役が、鳥見の役目にはあらずして、東妻沼村のどのような事情を探っていたのでございますか。その御鳥見役が探っていた東妻沼村の事情と笠木胡風に、一体、いかなるかかわりがございますのでしょうか。胡風は、東妻沼村にて私塾を開き、村の子供らには読み書きの手習をさせ、門弟らには学問を授けていた一儒者にすぎません。何ゆえ一儒者にすぎぬ胡風が、御公儀御鳥見役が東妻沼村のなんらかの事情を探っていたことを聞きつけたがために、御鳥見役を殺害いたしたのでございますか。わたくしは、合点がまいりません。胡風はこれまで、侍としての剣術の稽古以外に、刀を抜いたことはないと思われます。身分低き者であろうがなかろうが、相反する考えを抱く者であろうがなかろうが、人をおとしめ、人を疵《きず》つけ、のみならず殺害いたすなど、胡風がそのようなふる舞いをいたすはずは、ないのでございます」

　里景は、上段の間の奥方に思わず目を向けた。すると、奥方が里景へ頷き、里景は無礼に気づき、すぐさま目を伏せた。

「奥方さまは、十代の半ばにして京の大倉《おおくら》家より江戸へ下られ、当阿部家のご正室に入られ、お寂《さび》しい思いをしておられました。そのころ、奥方さまは阿部家儒者師範役であった胡風どのより多くの教えを学ばれ、また胡風どのの優れたご人格に感銘いたされ、阿部家十万石の奥方さまとしてご成長なされたのでございます。胡風どのの教えを受けなかったならば、今のご自分はなかったと、胡風どのを師として仰いでおられるのです。里景どのが申されるまでもなく、胡風どのがそのようなふる舞いをなさるはずのない優れた学者であることを、奥方さまはどなたよりもよくご存じでございます」

「ではなぜ、郷方が胡風を捕えたのでございますか……もしかして、御鳥見役が東妻沼村において狼藉《ろうぜき》を働き、胡風庵の子供か村人に危害を加え逃走した。胡風はそれを門弟らとともに追って捕えようとしたところ、御鳥見役らは抗《あらが》った。そのため、やむなく斬《き》り捨てたのでは」

「そういう事情ならば、理非を正せば事情は即座に詳《つまび》らかになるでしょう。わざわざ、里景どのをお呼びたていたしはしません。里景どの、胡風どのが捕えられた裏には、奥向きの女の身には定かに知られぬ、ご家中の事情があるようなのでございます」

お滝の方が、またかすかな憂いを眉間《みけん》に浮かべた。

「ご家中の、事情でございますか」

「もれ聞こえますところでは、胡風どののは、御公儀が寛政以来お進めの、農民が米作りを専《もつぱ》らにする政《まつりごと》に対し、その施策《せさく》では今の世にはそぐわず、領国をいっそう富ませるために、農民であっても米作りのみならず様々な余業を盛んにいたし、諸国との人のいき交い、物の売り買いを増やすことこそが、今の世に求められている施策であると、お考えのようでございますね。胡風庵においてそのお考えを唱えられ、御公儀の政にはあやまちがあると、御批判なさっておられると聞こえております。御公儀鳥見役は、御公儀の政に異を唱える胡風どのと、胡風庵の門弟らの幕政批判を隠密に探る狙いで、鳥見と称し、東妻沼村に逗留いたしていたと思われるのでございます。それに気づかれた胡風どのは、鳥見役の差口により、お上のお咎《とが》めを受ける事態を恐れ、鳥見役をなき者にいたした、という事情でございます」

「お滝の方さま、それは違っております。胡風は、農民が米作りを専らにせず、農閒の余業を盛んにして暮らしの助けにし、また余業によって少しでも豊かな暮らしを求めるふる舞いは致し方ないと、考えてはおります。しかしながら胡風の本意は、農民への余業の奨《すす》めにはあらずして、本百姓《ほん》が暮らしに困窮して高請地《たかうけち》を失い水呑《みずのみ》百姓に身を落としたとき、お上の施策が今のままでは、高請地を回復し本百姓に戻ることができぬ、というところにあるのでございます。今の施策では、水呑百姓は年貢を納める高請地を失っているにもかかわらず、高持《たかもち》のごとくにお上に年貢を納め、なおかつ、地主へも地代を名目にした年貢を納めねばなりません。それでは、一旦、高請地を失い零落《れいらく》した百姓はよりいっそう貧しくなるばかりにて、生涯、水呑百姓より抜け出せないのでございます。胡風は、それを改めねば、本百姓の米作りによる領国の政は、いずれたちゆかなくなると、申しておりました」

「たちゆかなくなると、どうなるのでございますか」

「どのようになるのか、詳らかには申せませんが、おそらく、別のお上がとって代わることになるのではないかと思われます。胡風はただ、御公儀の政の実情を詳らかにしておるだけなのでございます。すべての物事には、おのれに都合のよいことと都合の悪いことがあり、都合のよいことだけをとりあげて政を行なっていては、いずれ、都合の悪いことによって、おのれの政が疵つくことになるであろうと、胡風は申しておるのでございます。それは、御公儀の政のありのままを申しており、批判ではございません」

お滝の方は、物憂げに里景を見つめ、沈黙した。それから上段の間へ顔をかしげ、奥方に何かをうかがう素ぶりを見せた。

奥方が首肯し、お滝の方は里景へ向きなおった。

「奥向きの女の身にご家中の事情は測りかねます。ではございますが、どのような事情があるにせよ、胡風どのが御公儀鳥見役を斬ったとは、思われないのでございます。このまま手を拱《こまね》いていては、胡風どのが濡《ぬ》れ衣《ぎぬ》を着せられ、打ち首に処される事態はまぬがれません。里景どの、急ぎ忍田へ向かっていただけませぬか。胡風どのが鳥見役を斬った罪に問われ、捕縛《ほばく》される事態にいたったご家中の事情を調べ、胡風どのの無実を証《あか》していただきたいのでございます。里景どのに、それをお頼みしたいのでございます」

里景は、束の間、驚き戸惑った。

「わ、わたくしに、でございますか。わたくしのような老いた者に、できますでしょうか」

「里景どの、あなたしかいないのです」

お滝の方が沈着に言った。そのとき、

「里景、お願いできますか」

と、上段の間より奥方の声が、やわらかくかけられた。

里景は即座に、胡風を助けねばならぬ、という思いに衝《つ》き動かされた。どうすればよいのか、見こみはなかった。けれど、きっと手はあるはずだと、自分に言い聞かせた。

「微力ではございますが、謹んで奥方さまのご用命を承《うけたまわ》りました。胡風はわが幼馴染み、わが友でございます。わが友を、見殺しにはいたしません」

「笠木胡風先生は、忍田の宝です。先生のお命を、守ってください」

里景は再び畳に手をつき、「必ず」と頭を垂れた。

「里景どの、忍田にゆき、儒者師範役の林清明《はやしせいめい》どのにお会いなされませ。胡風どの捕縛の事情を奥方さまにお知らせくだされたのは、清明どのです。忍田にいけば、里景どのの力になってくれるはずです。家中の事情についても、今少し詳《くわ》しい話が聞けると思います」

「儒者師範役の林清明どのは、一年半前の披露の宴の折りに面識がございます。早速忍田に向かい、まずは清明どのにお会いいたします。忍田を出て十六年に相なり老いぼれたとは申せ、わたくしにも少しは知己《ちき》がおります。そういう者にも会って、事情を確かめ……」

「里景どの、先ほど申しましたが、この儀はお家の本式のお指図ではございません。奥方さまのご一存にて、里景どのに直々にお頼みいたす儀にて、あまり表だたぬほうがよいかもしれません。胡風どの捕縛の裏には、奥方さままでさえご存じではない事情がひそんでいる恐れがございます。事情を探るにしても、くれぐれも用心していただかねばなりません」

「用心しなければならぬ恐れが、あるのでございましょうか」

「わかりません。ただ、慎重にこしたことはございません。お頼みしておきながらこのようなことを申すのは心苦しいのですが、奥方さまは、万が一、里景どのの身に危険がおよんではと、憂慮《ゆうりよ》なされておられます」

「何とぞ、そのご懸念《けねん》にはおよびません。わたくしは、胡風の友としてなさねばならぬことを、なす所存でございます」

すると、「お滝」と奥方が呼びかけた。

お滝の方は、奥方に黙礼をかえした。やおら座を立ち、脂粉の香りが嗅《か》げるほど里景の傍らへ近づいた。そして、里景の膝の前に袱紗《ふくさ》のくるみを、そっとすべらせた。

「里景どの、奥方さまより、これを。旅の費用になされませ」

里景は、慌《あわ》てて押し戻した。

「お心遣いは、ご無用に願います。とるに足らぬ俳人ではございますが、江戸へ出てからのこの年月、奥方さまの捨《す》て扶持《ぶち》を頂戴《ちょうだい》いたしてまいりましたのは、いつかこのようなときのために、と思えばこそでございます。ただ今、やっとその機会に恵まれ、ありがたき幸せでございます。何とぞこれは……」

「いえ。里景どの、これは忍田への旅の費用と申すより、里景どのの警固役に腕のたつ者をお雇いいただくための元手です。本来ならば、ご家中のどなたかにお願いいたすべきでしょうが、ご家中の方では、奥方さまのご存念とは異なり、お家の事情に左右されかねぬ事態になる恐れが、ございます。里景どのの警固役には、ご家中の方ではなく、この者ならばと、里景どのの見こまれた方をお雇いなされた方がよろしいかと」

「確かに、それもそうでございますね。警固のみならず、口が堅く気の利《き》く者の手伝いがいればありがたい」

　里景は小首をかしげた。

「どなたか、お心あたりの方が、おられますか」

「わたくしが主宰をいたしております不忍会《しのばずかい》には、お武家の方もおられます。ですが、みなさま、ご奉公をなされておられますので……ただ、近ごろ入会いたした神田《かんだ》の請《う》け人《にん》宿の主《あるじ》がおります。発句《ほっく》のできは今ひとつながら、人を見て心を読む心得はあると、妙な自慢をいたしておる者でございます。その者の話では、下働きの者ばかりではなく、望みを伝えれば、望みに相応しい人物の世話もできると、自信ありげに申しておりました。人手がいるときは、いつでも声をかけてもらいたいとでございます。その者に訊ねれば……」

「ああ、請け人宿の主でございますか」

「ご心配でございますなら、お滝の方さまも、その者の世話をした人物と面談なされてはいかがでございますか」

「わたくしが面談をいたしましても……里景どのの見こまれた方であれば、よいのですから」

お滝の方は、訝《いぶか》しむような目を里景との間に泳がせた。

二

その夕刻、二人の男が下谷御成《おなり》街道を広小路へとって、広小路の手前で湯島天《ゆしまてん》神《じん》裏門坂通りに折れた。

二人が、湯島天神下同朋《どうぼう》町の角から北へ曲がり、不忍池の堤道に出て、堤道を不忍池に沿って茅《かや》町へとゆるやかな歩みを運び始めたとき、寛永寺《かんえいじ》の時の鐘が夕六ツ（午後六時頃）を報《しら》せた。

空は暮色に包まれ、不忍池に深々と冷えこんだ宵闇《よいやみ》が迫っていた。出合茶屋や水茶屋、料理屋、酒亭が、日が落ちても賑わう池之端仲《いけのはたなか》町の盛り場を抜け、不忍池の南西側に町家をつらねる茅町に差しかかった。

茅町のどの表店《おもてだな》もすでに板戸を閉じ、堤道は暗く、人通りも途絶《とだ》えていた。茅町は本郷《ほんごう》の崖下に位置し、町並みに沿って広がる不忍池の水面は、彼方の暗闇に溶けていた。池中の嶋の弁天《べんてん》堂と周辺の数十軒の茶店も、はや深い影にくるまれている。池の対岸の御山は、次第に黒く染《そ》まっていく宵の空の下に、かろうじて山影を残すのみで、あたりは水面を魚が跳《は》ねる音にさえ驚かされるほどの、深い静けさに包まれていた。

とき折り、宵闇の静寂に寂しさを添えるように、遠くで犬が小さく吠えた。どこかの店で奏《かな》でる三味線《しゃみせん》の音も、儚《はかな》げに、かすかに聞こえる。

男のひとりがさげる畳提灯《たたみぢょうちん》が、二人のわずか数歩先の堤道を薄い明かりで照らし、明かりは片側の堤の下にこぼれ、水面の冬枯れた葦《あし》に寒々とからみついた。

　犬の遠い鳴き声や儚げな三味線の音に合わせ、魚が水面にまた跳ねた。

「忍田城下には、いったことがあるのかい」

　提灯をかざした男が、白い息を見せながら、隣の男に話しかけた。

　隣の男は、前方の暗がりへ目を投げたまま、気乗りせぬふうにこたえた。

「忍田城下にいったことはない。中山道《なかせんどう》を、熊谷宿から大宮《おおみや》まで通りすぎたことがあるだけだ。繁華な城下らしいな」

「うん。忍田領阿部家十万石は北武蔵防御の要《かなめ》になる領国のご城下だ。そりゃあ、繁華で大きな町さ。と言っても、じつはおれもいったことはないんだけどね」

　二人は、気だるげな笑い声を交わし、また黙って堤道を進んだ。

　堤の柳の木々が、葉を落とした寒そうな姿でたち並び、黙々と歩む二人の傍らを亡霊のように通りすぎていった。

　やがて、無縁坂《むえんざか》の坂下を横ぎり、茅町一丁目から二丁目の町地に入った。なおも堤道をゆきながら、

「あそこの軒《のき》に明かりが見えるだろう。あれだ。おれたちのために、明かりをつ

けていてくれたんだろう。そこの生垣《いけがき》が囲っているところから、もう芦穂里景宗匠の庵の敷地なのさ」

と、提灯を手にした男は言った。堤道の前方に、小さな提灯が屋根つき門の庇《ひさし》に吊《つ》るされているのが見えた。

住まいは不忍池に面しており、柘植《つげ》らしき生垣に囲われていた。

「広い敷地だな」

「宗匠は元は忍田領阿部家の家士で、武家の身分を捨て俳人として身をたてられたのちも、当代阿部豊前守さまの奥方さまの覚えが殊《こと》のほかめでたく、奥方さまのお声がかりで、お武家屋敷だったこちらのお屋敷を借り受けてお住まいなのさ。宗匠は自ら里景庵と呼んでおられる。庵にしては立派すぎるがね」

「元は武家屋敷か。広いわけだ」

二人は生垣に沿って足を速めて進み、やがて瓦葺《かわらぶき》の屋根のある小さな門の前に出た。提灯は、その門の庇に吊るされている。

門前の堤道を隔《へだ》てて、不忍池の水面が広がっている。

不忍池ごしの南堤のほうは、池之端の町家がつらなって、東側は上野《うえの》の御山の杜《もり》の中に寛永寺の甍《いらか》を眺め、北側は武家屋敷の白壁や木々が繁《しげ》っている。住まいの裏手になる西側は、本郷の岡が隔て、きりたった崖の上にも、武家屋敷の白壁や木々がつらなっていると思われた。

四方すべてが、昼間はさぞかし風光明媚《ふうこうめいび》な眺めに違いなかった。

提灯を手にした男が火を消し、片方の門扉《もんぴ》を押した。

門扉はわずかな軋《きし》みをたててゆるやかに開き、暗がりに覆われた前庭と、踏み石がぼんやりと見えた。

「入ろう」

提灯の男が先に、門をくぐった。

踏み石は林のように植えられた木々の影の間を抜け、庭にせり出した軒庇の下の式台まで続いていた。

その軒柱にも、柱行灯《あんどん》が灯されていた。二人は軒庇の敷石を踏み、

「夜分、畏れ入ります。三河町《みかわ》の《宰領屋《さいりようや》》の矢藤太《やとうた》でございます。芦穂里景宗匠におとり次を願います。ご免くださいませ。宰領屋の矢藤太でございます」

と、神田三河町で請け人宿の宰領屋を営《いとな》む矢藤太が、暗い邸内に太い声を響かせた。

するとすぐに、奥で廊下を小走りに踏む音がし、ほどなく、式台上の玄関の間

にたてた障子戸が両開きに開かれた。七、八歳の童子が二人の客を認めると、即座にあがり端《はな》の畳に手をついた。

「これは宰領屋のご主人。お待ちしておりました。お滝の方さまもすでに、お見えになられておられます」

童子は、少したどたどしいながらも懸命《けんめい》に言った。言いつつも、顔を無邪気にもたげ、矢藤太の後ろの男へ探るような目をなげた。そして、好奇心を抑えきれぬふうに男の風貌《ふうぼう》をねめ廻し、ませた口調で言った。

「宰領屋のご主人、失礼ではございますが、お連れのお客さまのお名前を、お聞かせ願います」

「はい。こちらは唐木市兵衛《からきいちべえ》さまでございます。今宵《こよい》、芦穂里景宗匠のご依頼により、唐木さまをお連れいたしました」

矢藤太が、おかしいのを堪《こら》えてこたえた。

後ろの男は、奥二重の鋭い眼差しをさり気ない笑みにくるんで童子へ向け、

「唐木市兵衛でございます」と辞宜《じぎ》をした。

矢藤太は薄鼠《うすねず》に小紋模様の着流しと黒羽織《くろばおり》の町人風体《ふうてい》だが、唐木市兵衛と名乗った客は、矢藤太より一寸《すん》（約三センチ）ほど背が高く、火熨斗《ひのし》をかけた古い紺《こん》

羽織と細縞《ほそじま》の袴《はかま》を着け、黒鞘《くろざや》の両刀を帯《お》びていた。

総髪を絞《しぼ》って一文字髷に結《ゆ》い、広い額《ひたい》の下の眉尻《まゆじり》のさがったひと筋の眉が、強い目つきをなだめ、通った鼻筋とやわらかな唇の間に白い歯が見えた。下顎《したあご》の骨が少々張っているが、長い首筋の上にある日焼けしていながら、色白を隠せないどこか優しい顔だちは悪くなかった。

これなら旦那さまはお気に入られるのに違いない、と童子は内心思った。

「唐木、市兵衛さまでございますね。どうぞ、おあがりくださいませ。ご案内いたします」

童子は、畳に額がつくほど再び頭を低くした。

玄関式台にあがり、黒光りのする拭《ぬぐ》い縁《えん》を導かれ、床《とこ》の間《ま》と床わきに違い棚のある書院風の十畳の座敷に通された。庭に面していると思われる明障子は閉じてあり、二灯の丸行灯が、淡い明かりを座敷に放っていた。

手あぶりなどの火の気はなかったが、座敷は寒くはなかった。

床の間を向いて、矢藤太と市兵衛は並んで端座した。

市兵衛は大刀を右わきに寝かせた。

床の間には掛け軸の花鳥画が飾られ、黒い花器に白い小花をつけた侘助《わびすけ》の枝が挿《さ》してあった。

童子が退ってほどなく、廊下を踏む気配がした。

「旦那さまです」

童子が襖の外から伝え、すぐに襖が引かれた。

宗匠頭巾《ずきん》をかぶり、町人風の着流しにこげ茶の羽織姿の男と淡い草色の小袖《こそで》姿の年増が、座敷に入って床の間を背に坐《すわ》った。

矢藤太と市兵衛は、畳に手をついている。

「宰領屋さん、それから唐木市兵衛さんでしたね。どうぞお手をあげて、お楽になさってください」

主人の里景が、町人の旦那衆を思わせるやわらかい口調で言った。

矢藤太が手をあげ、市兵衛もならって上体を起こした。

里景は市兵衛を見つめ、ふむ、というふうに親しげな会釈を寄こした。五十五歳と聞いていた。だが、風貌は六十近い年配に見えた。

「宗匠、唐木市兵衛さまがお出かけでございましたもので、この刻限になってしまいました。申しわけございません」

矢藤太が遅れたことを詫びた。市兵衛は目を伏せ、沈黙している。

「いえいえ。そのようなことはお気になさらずに。芦穂里景です。宰領屋さんより唐木市兵衛さんのことをお聞きいたし、ともかく、今夜中にお目にかかりたいとお頼みした次第です。今宵はわざわざのおこし、ご足労をおかけいたしました。こちらのお方さまは、西御丸下の阿部家上屋敷奥向きにて、阿部家奥方さまにお仕えのお年寄役・お滝の方さまです」

矢藤太と市兵衛は、里景に並ぶお滝の方へ膝を向け、再び手をついた。

里景と並んで、阿部家上屋敷奥向きに仕える年寄役のお滝の方が、これは硬い顔つきを市兵衛へ向けていた。しっとりと落ち着いた様子の年増で、歳のころは四十に届いていないかに思われた。

童子が四人の前に茶菓を並べ、「失礼いたします」と襖を閉じると、里景はすぐにきり出した。

「矢藤太さんからお聞きおよびでしょうが、里景庵と呼びならわしておりますこの庵にて、日ごろより俳諧などを嗜《たしな》み、同好の方々の発句合《あわせ》の判者《はんざ》や判詞《はんし》などをお引き受けいたし、日々を送っております。ここは、元はお武家屋敷でしたのでいささか堅苦しいのですが、住まいの周りの景色がよいのと、広々としておるのが気に入りましてね。阿部家の奥方さまのお世話により、庵を結ばせていただいております。奥方さまには、並々ならぬご厚意ご支援を賜り、ありがたいことでございます。ところで、唐木さんは俳諧はいかがですか」

「いいえ。俳諧を嗜んだことはございません」

市兵衛はさらりとこたえた。

「さようですか。わたしは、今はこのように年老いましたが、これでも昔は阿部家に馬廻役としてお仕えいたし、忍田城下でくらしておりました。若いころから武芸より俳諧に心を魅《ひ》かれ、それが高じて、いつしか家を捨て、郷里を捨て、侍を捨て、今ではこのような身になり果てております。唐木さんにお会いして、一句浮かびました。

侘助や武士《もののふ》に似た白き花

ご無礼ながら、いかめしきお侍を思い描いておりました。床の間の侘助の花を見て、静かにお坐りの唐木さんにお似合いだなと、ふと、思ったのです」

「おお、さすが宗匠。よろしゅうございますね。庵に訪れた武士を、侘助の白い花がそっと迎える。武士の凜《りん》とした風情とともに、武骨だけではなく、何かしら色香のある光景が、目に浮かんでまいります。唐木さまにぴったりの、いい句でございますね」

矢藤太が少し大げさに感心してみせた。

「似た白き花、は少し技巧がくどいような気がしますが」

里景が破顔して市兵衛を見つめ、いかがですか、というふうに微笑《ほほえ》んだ。

「唐木さん、少々お訊ねいたして、よろしいでしょうか」

どうぞ、と市兵衛は笑みをかえした。

「唐木さんは幼いころに上方《かみがた》へ上り、奈良《なら》の興福寺《こうふくじ》で剣の修行を修められ、大坂の商家に寄寓《きぐう》して商《あきな》いと算盤《そろばん》の技を身につけられたと、宰領屋さんよりうかがっております。剣の腕がたち、人品骨柄は申し分なく、聡明かつ眉目秀麗《びもくしゆうれい》、とも。ただ今お目にかかり、なるほど、と思いました」

市兵衛は微笑みを絶やさず、

「宰領屋さんの売り文句は、少し技巧がくどいようでございますが」

と、こたえた。

里景は市兵衛の返答に、あは、と笑った。

「唐木さんは、このたびの仕事については、宰領屋さんよりどのようにお聞きになっておられますか」

「宗匠・芦穂里景さまの警固役として、江戸から北武蔵の忍田城下へいき、江戸へ戻ってくるまでの旅のお供をいたす仕事とうかがっております。いきと帰りにそれぞれひと宿、忍田城下で四、五日、およそ七日か八日ほどの旅になる、とでございます」

「ふむ。わたくしにつきましては？」

「俳諧宗匠・芦穂里景さまは、不忍池の茅町に庵を結んでおられ、門人も大勢おられます。宰領屋さんも二月《ふたつき》ほど前に入門いたされ、発句、あるいは連句の宗匠の判詞を受けておられ、その伝《つて》により、このたびの仕事の依頼があったとうかがいました。その折り、わたくしが不調法にて、芦穂里景さまの俳号を存じあげず、宰領屋さんより苦言を呈されました。面目ございません」

「では、俳諧、俳人については、あまりご存じないのですね」

「子供のころに少々存じておりました以外は、あまり……」

「ほう。俳人ではどのような名をお聞きになられましたか」

「はい。俳諧を和歌連歌入門のための階梯《かいてい》とした松永貞徳《まつながていとく》、貞徳門下の七俳仙、寛文《かんぶん》の西山宗因《にしやまそういん》、井原西鶴《いはらさいかく》、岡西惟中《おかにしいちゅう》、菅野谷高政《すがのやたかまさ》、『談林十百韻《だんりんとつぴやくいん》』を編《あ》んだ田《た》代松意《しろしょうい》、風狂、さび、かるみの松尾芭蕉《まつおばしょう》と蕉門十哲、蕉風の復興を目指した中興俳諧の与謝蕪村《よさぶそん》、高井几董《たかいきとう》、三浦樗良《みうらちょら》、当代ではやはり小林一茶《こばやしいっさ》、先年亡くなられた夏目成美《なつめせいび》……」

「それまで。それまででけっこうです。充分わかりました」

里景が手をかざし、おかしそうな笑みを向けて市兵衛を止めた。

「ご存じの俳人は、沢山おられるのですね。それを子供のころにとは、宰領屋さんの仰《おつしや》るとおり、聡明なお方だ。唐木さん、どうぞ、先を続けてください」

市兵衛は、やおら続けた。

「芦穂里景さまは、元は忍田領の身分の高いお侍でしたが、今から十五、六年前に侍のご身分を捨てられ、江戸へ出られたとうかがいました。里景という俳号を用いられ、俳人の道を歩まれたのでございます。

鶯《うぐいす》やはなむけに啼《な》く旅の朝

里景さまが、故郷の忍田領をあとに江戸へ旅だたれた朝の情景と、新しき道を歩む心情を詠んだ名句と、宰領屋さんは、この一句によって里景さまの門人になる腹を決めたと、仰っておられました。わたくしも、名句と思います」

里景は、首をかしげたまま黙っている。

「このたびの故郷忍田への旅は、忍田城下の旦那衆、お武家衆の中に、江戸において俳人として名を成された里景さまの門人が大勢おられ、その門人の方々が、里景さまに判者と判詞をお願いし、大晦日《おおみそか》、忍田城下東照神社に奉納の発句合一巻を成就《じょうじゅ》いたすため、里景さまに帰郷を申し入れられました。里景さまもそういう名目ならばと申し入れをお受けになられたと、宰領屋さんよりうかがっておりますそれで、よろしゅうございますか」

「よろしいのです。唐木さん、旅の供をお引き受け願えますか」

里景は、宗匠頭巾の下に見える銀色の鬢《びん》をのどかになでた。

「元より、宰領屋さんよりご依頼の話をうかがい、わが手にあまる仕事とは思えません。お受けいたす所存でございます」

市兵衛はこたえた。

隣のお滝の方が、顔つきをわずかにゆるめ、茶碗をとって一服した。

「急で申しわけありませんが、明日早朝、出立《しゅったつ》いたしますので、お支度《したく》をよろしくお願いいたします。それから、これはわが旅の供役の給金です。五十両あります。お調べください。道中の費用は別ゆえ、ご安心を。ただし、宰領屋さんの仲介料と、唐木さんご自身の旅の支度金はこの中からお願いいたします」

　里景が羽織の袖から出した袱紗包みを、市兵衛の膝の前においた。

　市兵衛は、袱紗包みには手を出さなかった。矢藤太と顔を見合わせた。矢藤太は目を丸くしていたが、懸命に冷静さを装《よそお》っていた。

　短い沈黙をおいて、市兵衛は矢藤太に言った。

「宰領屋さん、この給金の額はご存じだったのですか」

「存じませんでした。里景宗匠のご依頼が今日の午後、急だったものですから、唐木さまをこちらにお連れし、相場より少ない場合は、改めてかけ合いをいたすつもりでございました」

　矢藤太は、戸惑いつつもこたえた。

「ふむ、五十両では、相場より少ないのですか」

「とんでもございません。さすがは宗匠。唐木さまをお連れした甲斐《かい》が、ございました。唐木さまは宗匠のお供役におあつらえ向きの方と、宰領屋、自信を持ってお勧めいたします。これぐらいの額をお考えいただければ、唐木さまも、ご納得いただけるのでは。でございますよね、唐木さま」

と、戸惑いをとりつくろった。

「さようですか。ならばよかった」

「ではございますが、里景さま……」

矢藤太を制し、市兵衛は言った。

「物を売り買いするさいには、それに見合った金額というものがございます。働き口を仲介する請け人宿も、給金、仲介料、手数料に見合った金額があるのは同じでございます。見合った額より少なすぎる場合、割とわかりやすい誤魔化《ごまか》しがございます。しかしながら多すぎる場合も、たいてい隠された事情があると、見ておかなければなりません。つまり、その働き口には隠された事情があり、隠された事情を考慮すれば、それは多すぎる金額ではなく、働き口に見合った金額と知れるのでございます」

里景は小さく眉をひそめた。

お滝の方の持ちあげた茶碗が、止まっている。

矢藤太が市兵衛の羽織の袖をそっと引っ張り、「やめろよ、市兵衛さん」と早口でささやいた。しかし、市兵衛は止めなかった。

「こちらにまいります前、宰領屋さんからこのご依頼をうかがいました折り、そのような旅ならば、里景さまが門人をともなわれていかれるのが相応しいのではないかと、ふと、訝しく感じました。また、里景さまのお話をうかがって思ったのでございますが、道中がご心配なら、ご支援をいただいておられる阿部家の奥方さまのお力添えをお願いいたし、阿部家ご家中の方にお頼みになられる手だてもございます。にもかかわらず、宰領屋さんの仲介によって、わたくしをお雇いになられるというのは、もしかすると、わたくしは働き口の本当の事情を知らされずに、このたびの仕事をお受けすることになるのではございませんか。すなわち、金額に見合う隠された事情、本当はどのような仕事をするのか、知らずにでございます」

「唐木さま、里景宗匠がそのようなことをなさるはずはございません。唐木さまの人物を見こんで、これならば、とお認めくださったのですよ。宗匠、さようでございますよね」

矢藤太が、落ち着きない様子で、なおも場をとりつくろおうとするのを里景が制し、市兵衛に向きなおった。

「唐木さん、ご不安ですか」

「いえ。不安ではございません。ですが、里景さまが忍田にゆかれるのは、忍田の門人の方々の発句合奉納は表向きで、例えば、阿部家ご家中のなんらかの事情とか、あるいは道中の警固役だけでは済まぬ事態とかを恐れておられるとか……」

「ま、まさか。大げさですよ、唐木さま。宰領屋は神田の一介の請け人宿でございますよ。そんな大それた事情のある仕事を、頼まれるわけがございません」

矢藤太が、あはは、とわざとらしい明るさで笑った。

すると、それまで黙っていたお滝の方が、冷ややかに言った。

「だとすれば、唐木どのはどうなさるおつもりですか」

里景は目を伏せた。

しかし、市兵衛はお滝の方に首肯し、平然とかえした。

「さようでございますね。もしそうなら、五十両という大金で請け負いますこのたびの仕事において、わたくしは何をいたし、何をしてはならないのかを、間違いのないように知っておきたいと、思います。それから、お滝の方さまは、阿部家にかかわりのないわたくしがこの仕事をお受けしてよろしいと、お考えでございますか。お聞かせ願えませんでしょうか」

「里景どのが、宰領屋どのの仲介であれば、信頼に足る者に頼むことができると言われました。里景どのが信頼いたすのであれば、わたくしも唐木どのを信頼いたします。わたくしが唐木どのにお願いいたしますことは、里景どののお指図に従い、何があろうとも里景どのの身の警固役を無事果たし、息災に旅を終えて江戸に戻ってきていただきたいと、それのみでございます。何とぞ、つつがなくお戻りくださるように、お願いいたします」

お滝の方はそう言って、市兵衛をじっと見つめている。

「承知いたしました。里景さま、忍田への旅、お供いたします」

市兵衛は少年のように微笑んだ。

里景は頷き、大きなため息をひとつ吐いた。

「は、話はそのように決まりました。宗匠、お滝の方さま、ありがとうございます。それでは、唐木さま、この給金はわたくしがお預かりいたし、宰領屋に戻って、手数料をいただいた残りをお渡しいたします。よろしゅうございますね」

矢藤太は、手を震わせて袱紗を解き、二十五両ずつの帯封二つの五十両を確かめ、市兵衛に言った。

「どうぞ。宰領屋さん、よろしくお願いいたします」

市兵衛は、里景に向けていた笑みを、そのまま矢藤太に投げた。矢藤太は袱紗

包みをなおしながら、
若いな、市兵衛さん。京にいたころを、思い出すで。

と、腹の中で呟いた。

京の島原《しまばら》で女衒《ぜげん》を生業《なりわい》にしていた矢藤太が、同じ京の貧乏公家《くげ》の、九条篤重《くじょうあつしげ》に仕える青侍だった市兵衛と出会ってから、足かけ十六年の歳月が、はやすぎようとしている。二人は二十代の若さで、あのころは、何か面白いことが起こりそうな覚えがすべてだった。それ以外のことは、大して重要ではなく、日々のつらさや寂しさは、明日への若い望みが紛らわしてくれた。

市兵衛さん、年が明けたら二人とも四十歳や。えらいこっちゃ。

ふと、矢藤太は腹の底からこみあげる感慨に耽《ふけ》った。

そのとき、襖の外で童子の甲高《かんだか》い声がした。

「旦那さま、お夜食の支度が調《ととの》っております。いかがなさいますか」

三

払暁《ふつぎょう》にはまだ間のある翌七ツ（午前四時頃）すぎ、本郷四丁目の見かえり坂で、市兵衛は湯島天神の切通しから本郷通りに現われた里景と、昨夜、里景庵で応対に出た小僧の正助《しょうすけ》を認めた。

里景は饅頭笠《まんじゅうがさ》に茶の引廻し合羽《がっぱ》を着け、黒の脚絆《きゃはん》と黒足袋草鞋《わらじ》がけで、荷物はなかったが、合羽の後ろに、道中差しではなく二本差しの形が突き出ているのは、侍は捨てたと言いながら、この旅の里景の心情を垣間《かいま》見る気がした。

八歳の正助は、童用の菅笠《すげがさ》をかぶって、商家の小僧のような縞の着物を尻端折《しりはしょ》りに、黒の手甲《てっこう》と股引《ももひき》、黒足袋草鞋姿に拵《こしら》え、小行李《こごうり》を風呂敷にくるんで肩に背負っていた。おそらく旅の荷は少なめにしたのだろうが、小行李でも子供の身体に比べてだいぶ大きく見えた。

二人はそれぞれ杖《つえ》を携《たずさ》えていて、正助が小提灯をかざし、里景の足下を照らしつつ並んで歩いてくる。そして、腰には替えの草鞋をぶらさげていた。

ただ、里景の歩みはあまり活発ではなかった。正助が、何かと気遣っていた。隠居をする年ごろではあっても、五十五歳は老《ふ》けこむ歳に思われない。どこか具合が悪いのだろうかと、市兵衛は気になった。

「市兵衛さんがいらっしゃいます」

正助は、見かえり坂のまだ暗い道端に佇《たたず》む市兵衛を見つけ、夜明け前の冷え冷えとした往来に、はや慣れた口調のはずんだ声を響かせた。

肩の荷をゆらして小走りになり、里景は正助のあとから、急ぐ様子もなく近づいてきた。

市兵衛は菅笠に袷《あわせ》の紺羽織、下は縹《はなだ》色の小袖に鈍《にび》色の袴の股立ちをとって、手甲脚絆、黒足袋草鞋がけの旅装で、身のまわりの物だけを入れたふり分けの荷を、からげ紐《ひも》で五尺《しゃく》八寸（約一七四センチ）に少々足りぬ痩身《そうしん》の肩にかけている。

「唐木さん、お待たせいたしました」

里景の引廻し合羽の間から、柄袋《つかぶくろ》をかけた二刀がのぞいている。

市兵衛は、里景に頭を垂れた。

「わたくしも、たった今きたばかりです。ここへくる途中、一番鶏の啼き声を聞きました。ほどなく、空も白みます。里景さま、早速、まいりましょう」

「それでは、お願いいたす」

「市兵衛さん、よろしくお頼みいたしますよ」

里景に続いて、正助が前からの知り合いのように言った。

里景と小提灯をさげた正助が並んで前をゆき、市兵衛は二間《けん》（約三・六メートル）ほど後ろを離れて従った。小提灯の小さな明かりが、主と小さな子供の並んでゆく後ろ姿を、淡い薄衣《うすぎぬ》のような光でくるんでいた。

本郷の壮大な武家屋敷のほうで、目覚めた鳥が、暗闇の中に凍《こご》えそうな声を響かせていた。

巣鴨《すがも》をすぎ板橋《いたばし》の宿に着いたころ、空は次第に白みをおび、東の彼方に少しずつ赤味が射し始めた。

宿場の屋根の上を、夥《おびただ》しい数の鳥が啼き騒いで飛び交っていた。

中山道の主駅の板橋宿をあとにして、白い霜の降りた蓮沼《はすぬま》の縄手《なわて》をすぎた。志村《しむら》の坂をくだるころ、いよいよ東の空は朝焼けに燃え、ほどなく天道《てんとう》が顔をのぞかせた。

戸田《とだ》の渡し場から渡し船の馬船《うまぶね》に乗ったとき、東の空をゆるゆるとのぼってゆく天道は、戸田川とも呼ばれる荒《あら》川の水面に清々《すがすが》しい光を投げ、夜明け前までの凍《い》てつく寒さをわずかにやわらげた。

それでも凍える寒さに、正助は肩を震わせ、両手を口にあてて白い息を吐きかけて指先を暖《あたた》めている。

馬船には、風呂敷包みの大きな荷を背負った旅の行商が四、五人と、荷馬が一頭に馬子が乗り合わせていた。ねじり鉢巻《はちま》きに蝙蝠半纏《こうもりばんてん》を羽織った艫《とも》の船頭が、力強く棹《さお》を川底に突き、棹を突くたびに、船頭の白い息が見えた。

川下の蘆荻《ろてき》と対岸の松林に、数羽の白い小鷺《こさぎ》が、朝の青い光と戯れながら、優雅に飛び廻っていた。

「よい天気になりそうで、よかった。歳をとるとこの寒さはこたえます」

里景が正助の仕種《しぐさ》を見て、市兵衛へふり向いて言った。

「唐木さんは、お幾つになられますか」

「年が明けますと、四十歳に相なります」

「四十ですか。では、三十九歳の年も押しつまったのですね。わたしが忍田を出たのは、三十九歳の春です。あのときはたったひとりで、見送る家人も友もおりませんでした。心細さと不安と、胸に秘めたささやかな決心がひとつだけの門出でした」

「それが、鶩やはなむけに啼く旅の朝、だったのですね」

正助が口元に手をあてたまま、里景と市兵衛を見あげている。

「はや、十六年のときがすぎました。まさに月日に関守《せきもり》なしです。思いはかなったのか、かなわなかったのか、今となってはさしたる意味はありません。この両刀を帯びましたのは、あの春の朝以来です。もはや飾りにすぎませんが、これほど刀が重かったとは、今さらながら驚いております」

里景は、引廻し合羽の間からのぞく柄袋をかぶせた両刀に触れた。

戸田川を渡り、中山道の街道は、左右に枯れ葦の覆う沼地や田畑が打ち続く野中を、真っすぐひと筋にのびていた。

日は次第に高くのぼり、青空に白い帯雲がたなびいていた。

戸田川を越えてから、里景の歩みは次第に速くなってきた。

「このあたりは、雲がなければ富士《ふじ》や筑波《つくば》が望めるのですが……」

と、里景は饅頭笠を東西へ廻らせ、富士や筑波がたなびく雲に隠れた空の彼方を、急ぎ旅を忘れたかのように、悠然と眺めやった。

元蕨村《もとわらび》の縄手をすぎ、蕨の宿を出離れ、次の浦和《うらわ》の宿へ着いて、宿場の茶屋で休息をとった。浦和宿は、旅人や荷を積んだ荷馬が賑やかにゆき交い、大きな旅亭が軒を並べていた。

「唐木さん、できれば、今日中に忍田に着きたいのです。駕籠《かご》を頼んでいただけませんか。それから、できれば、大宮にこのたびの務めの成就を祈願して、詣《もう》でたいのですが」

「ではございますが、今のままでは、どれほど急いでも、忍田城下に着くのは夜《よ》更《ふ》けになると思われます。正助さんは元気ですが、まだ子供ですし、何より、無理をなされては里景さまのお身体に障《さわ》るのではございませんか。肝心のお務めが果たせなくなってしまっては、無駄骨を折ることになります」

「唐木さん、大丈夫です。老いぼれてはいますが、見た目よりは足腰は強いのです。駕籠でいけるところまで旅程を稼《かせ》ぎ、あとは這《は》ってでもゆくつもりです。正助、おまえも大丈夫だな」

「はい、旦那さま。旦那さまがお疲れになって歩けなくなったら、わたしが負《お》んぶして差しあげます」

正助の本気の顔つきが、市兵衛と里景を笑わせた。

「わかりました。では駕籠を頼んでまいります」

市兵衛が茶屋の亭主に駕籠屋の場所を訊ね、宿場の往来へ出ると、正助が走って追いかけてきた。

「市兵衛さん、これをお持ちください。駕籠代はここからお願いしますと、旦那さまが仰っておられます」

唐桟《とうざん》の財布を、正助が差し出した。わかった、とずっしりと重い財布を受けとると、正助は不安そうに言い添えた。

「あの、それから、市兵衛さん。旦那さまはああ仰いましたが、じつは去年、胸の大病を患《わずら》われたのです。病は癒《い》えてご回復なさいましたけれど、それ以来、ずいぶんとお弱りになられましてね。わたしは子供ですので、何かといたらぬことがあると思います。市兵衛さん、旦那さまのご様子にお気をつけてくださいますように……」

「心得た。できるだけ気をつけよう。正助さんも頑張れるな」

はい、と正助は元気よく言った。

幸い、上尾《あげお》宿までならという駕籠を頼むことができた。

浦和宿から大宮までは一里《り》十丁《ちょう》（約五キロ）、大宮から上尾までは二里（約八キロ）である。

ただ、里景はどうしてもと、大宮詣でを譲らなかった。

大宮の、《武蔵国一《いち》ノ宮《みや》》と石碑に刻《きざ》んだ石の大鳥居の前で駕籠をおり、正助と市兵衛のほかに駕籠も従え、左右に松と杉の喬木《きょうぼく》が十八丁（約二キロ）にわたって並び、一丁（約一〇九メートル）ごとに標の石を建てた参道を進んだ。

二の鳥居、三の鳥居をくぐって、銅葺《どうぶき》屋根の方二間《ほうにけん》（二間四方）の本社の建つ前広の境内《けいだい》にいたった。

里景と正助は、まずは本社に深々と参拝し、それから、本社の左手後ろの木だちを隔てて御手洗《みたらし》の橋を渡った。

橋を渡ると、氷川《ひかわ》の宮居の鳥居があって、鳥居の奥に本社と同じ銅葺屋根の男《なん》体女体《たいにょたい》の両社が建てられていた。

二人はそれをも伏し拝んだ。

二人が敬虔《けいけん》な参拝を行なっている間も、ときは刻々《こっこく》とすぎていった。

氷川の宮居から、再び木だちの中の小道を三丁（約三二七メートル）ばかり抜けて、中山道へ出た。

そこから、里景は再び駕籠に乗り、次の上尾宿へ急いだ。

上尾の宿に着いたのは、未《ひつじ》（午後二時頃）に近い刻限だった。

大宮に詣でたときはまだ天空に高かった日は、西の空へ傾き始めていた。

駕籠を帰し、三人は上尾で遅い昼の物をとった。

と言っても、上尾の旅亭も飯屋もみな昼の営みを閉じていて、宿場はずれの飯屋で、柏《かしわ》の葉に載せ高坏《たかつき》に盛った餅《もち》と温かい茶を喫《きっ》し、かろうじて腹を満たすことができたのだった。

宿場で駕籠を探したが、みな出払っていた。

「唐木さん。ここまでくれば、あとは大丈夫です。国の忍田まではほんのわずかです。歩いてゆけます。お気遣いにはおよびません」

里景は強がってみせた。だが上尾の次の桶川《おけがわ》宿まで三十四丁（約三・七キロ）、桶川宿から次の鴻巣《こうのす》宿までは、一里三十丁（約七・二キロ）である。

八歳の小柄な正助はさすがに歩き疲れたらしく、口数が少なくなっていたし、駕籠にゆられていた里景にも、疲労の色が見えた。

のどかに、「一句浮かびました」とも言わなかった。

上尾を出て、桶川をすぎ鴻巣まで、街道の左右に黒い田んぼや畑が、遠く近くにひたすら打ち広がっていた。

里景と正助は手をとり合い、互いに励ましたり支え合ったりするように、道を急いでいた。

ただ、日は雲間に見え隠れしながら、里景と正助を追いたてるように西へ西へと傾き、北武蔵の野は、冷えこみが急速に強まっていた。

疲れと寒さで、二人の歩みは目に見えて遅くなっていた。

鴻巣宿をすぎた北鴻巣の野中に、追分《おいわけ》がある。

追分に板戸をおろしかけた茶店があって、ほんのしばしの間、休息をとった。

追分を中山道より分かれて右手の道を北へとり、忍田城下まで二里余である。

すでに夕暮れが、鴻巣の野に迫っていた。

西の空の果ての雲間には、赤々と燃える天道が、だんだんと沈みかけている。

これからまだ、忍田城下まで、夜の帳《とばり》と寒気のおりた田野の道をいかなければならない。

里景と小行李をかついだ正助は、杖にすがり、荒い息を喘《あえ》がせていた。二人はもう、ひと言も言葉を発しなかった。

「里景さま、ここからは忍田まで、お腰の物はわたしがお預かりし、かついでまいりましょう。正助さん、行李の風呂敷はわたしが背負っていく。それから草鞋を新しく履き替えておいたほうがいい。だいぶ傷《いた》んでいます」

市兵衛は里景と正助に言った。

強がっていた里景も、無邪気だった正助も市兵衛の言葉に黙って従い、つらそうに草鞋を替え始めた。

市兵衛は、自分のふり分けの荷と正助の行李を肩にかけ、さらに里景の両刀を下げ緒でひとくくりにしてかついだ。

「残り二里余、いかねばなりません。さあ、いきましょう」

と、追分を出立した。

それでも、火を入れた小提灯を正助はかざした。

縄手をゆくとほどなく、日の名残りは暗闇に溶けて、ついに消え去った。

正助のかざす小提灯の明かりだけが、儚い命のように暗闇の中に灯った。

道は狭く、石ころの多い荒れ果てたでこぼこ道で、里景は何度も躓《つまず》き、転《ころ》びかけた。その都度《つど》、里景の老いて骨張った身体を、市兵衛は背後から支えた。

それを繰《く》りかえすうち、里景は自分がおかしくなってか、泣き声を絞り出すように笑い始め、正助も喘ぎ声のような笑い声をあげた。

「笑えるうちは、まだまだ大丈夫です」

市兵衛は二人を励ました。

厳しい寒気がおりていたが、風のなかったことが幸いだった。

また、いつしか夥《おびただ》しい星が夜空にまたたき、うっとりするような北武蔵野の夜景が果てしなく広がっていた。

「美しい星空が、里景さまの帰郷を迎えております」

市兵衛が言うと、里景と正助は声もなく星空を見あげた。そして、

「もう僅かです」

と市兵衛に促され、一歩、また一歩と、二人は亡霊のように歩き続けた。

里景と正助は、二里余の野道を歩き通した。

忍田城下に近い佐間《さま》村の三軒屋《さんげんや》という辻に着いたのは、刻限もわからぬほどの深更だった。

三軒屋は忍田城下南東の、忍田と江戸をゆききする道筋にあたる辻で、三軒の茶屋があった。

市兵衛は《成田屋《なりた》》という茶屋の板戸を叩いた。手燭《てしょく》をさげて、くぐり戸を開け応対に出た成田屋の亭主に、江戸より芦穂里景の到着を伝えると、亭主は、市兵衛の後ろの往来に、疲れきった里景と正助が杖にすがってかろうじて佇んでいる姿を認め、

「おお、芦穂里景宗匠でございましたか」

と、驚きの声を投げかけた。

四

前日、阿部家江戸上屋敷の奥方より、阿部家儒者師範役の林清明へ書状が届けられていた。書状は、翌日、すなわち今日の夜五ツ（午後八時頃）までには、江戸の俳人・芦穂里景が、忍田城下はずれの三軒屋の成田屋に着くゆえ、里景への助勢を要請する知らせだった。

成田屋の亭主は、すぐさま女房と使用人を呼んで、今にも倒れそうな里景と正助を助けて中へ運び入れた。

三人は、囲炉裏《いろり》に炭火が熾《おこ》る暖かな座敷に通された。

里景は、ほっとひと息ついて休息するというより、くずれ落ちるように、囲炉裏端に坐りこみ、正助は里景の膝に凭《もた》れかかって猫のように丸くなった。そしてすぐに、正体を失った。

亭主は里景への辞宜もそこそこに、自ら茶を淹《い》れ茶碗と菓子の小皿を並べた。

「里景さま、ただ今すぐに、茹《ゆ》でうどんの支度を調えますので」

女房は囲炉裏に鉄鍋をかけ、うどんと麺つゆに葱《ねぎ》や人参、七味などの薬味の器を並べていた。うどんは古来、宴の馳走のひとつである。

市兵衛も口を利くのがつらいほど、寒さと疲労と空腹に苛《さいな》まれていた。

しかし、里景は亭主より茶碗をわたされ、震える手でひと口すすってから、か細いかすれ声で、途ぎれ途ぎれに言った。

「ご亭主、儒者師範役の林清明どのが、こちらに見えておられると、承知いたしておるのですが、林どのは今どちらに……」

「はい。林さまは今夕の六ツ前にお見えになられ、本日、わが郷里忍田の高名な俳人・芦穂里景宗匠が急遽《きゆうきよ》ご帰郷になられるゆえお迎えいたす、と五ツ半（午後九時頃）すぎごろまでお待ちでございました。ではございましたが、先ほど、今夜はむずかしかろう、改めて明日うかがうと申され、お引きあげになられました」

「刻限もわからず、歩き続けてまいったのです。今は、なんどきなので」

「さようでございましたか。お疲れさまでございます。はや四ツ（午後十時頃）すぎに、相なりましてございます」

「四ツ。なんと、よくたどり着けた。唐木さんのお陰だ。あなたがいなければ、今ごろは真っ暗な野道で、正助と二人でへたばっておったでしょう」

里景は、膝に頭を乗せてぐったりとしている正助の背中をなでつつ言った。

「いえ。自分のことで精一杯でした」

市兵衛は、冷えきった身体を囲炉裏の温もりと一服の茶でいやしつつ、本心から言った。里景の憔悴《しょうすい》した笑みを、鉄鍋で茹でるうどんの湯気が、ゆれるように包みこんでいた。

「ですが、唐木さん、お疲れのところを申しわけないが、今少し供を願いたい。今宵中にしたい、いや、しなければならぬことがあるのです。今宵しなければ、無理を押して忍田までできた甲斐がないのです」

「元より。いかようにも、お申しつけください」

里景は市兵衛に頷き、亭主へ向いた。

「ご亭主、林清明どのに使いを頼みたい。芦穂里景が成田屋さんにたった今到着いたし、お待ち申していると」

「よろしいのでございますか。使いをすぐに走らせることはできますが、お見受けいたしますところ、とてもお疲れのご様子。今夜はこちらでご休息なされ、林さまのお使いは明日になされては」

「ときが惜しいのです。林どのにはわたしから、お詫びいたしますゆえ」

「さようでございますか。承知いたしました。それでは、家の者にただ今申しつけます」

亭主が退ってから、女房の調えた麵つゆにつけたうどんを貪《むさぼ》り食った。

麵つゆは、北関東の野を思わせる辛さだった。しかし、疲れきった身体にはその辛いうどんに生々しい食いごたえがあった。こくを重んじる京や大坂の味を知っている市兵衛には、武骨なほど真っすぐな辛さが、この土地柄なのだろうと感じられた。

ただ、里景は箸《はし》が進まなかった。

疲れきって、食べる力さえ失くしていた。

女房が差し出した碗のうどんにほんの少し箸をつけただけで、すぐにおき、肩を落としてうな垂れた。

「里景さま、林さまがお見えになられるまで、横になられてはいかがですか。林さまがお見えになられましたら、声をおかけいたします」

「大丈夫です。今、横になったらもう起きられません。これしきのつらさなど。わたしより、もっとつらい目に遭《あ》っている者がおります」

里景はうな垂れたまま、弱々しい声でこたえた。

「それでは、正助さんを、部屋をお借りして休ませましょう。八歳の正助さんには厳しい旅でした」

「お願いします。案外重くて……」

里景の膝を枕にした恰好《かっこう》で、正助は石のように動かなかった。

市兵衛は正助を両腕に抱きあげ、女房の案内で、別の部屋に運んで寝かせた。正体を失った正助は、まったく目覚めなかった。

阿部家儒者師範役の林清明が成田屋にきたのは、すでに真夜中に近い四ツ半（午後十一時頃）をすぎたころと思われた。林は、大人しそうな細面《ほそおもて》の、中背の男だった。四十代の半ばに、まだ届いていない年ごろに見えた。

里景と林は久々の面談らしく、囲炉裏のそばで、「ご無沙汰《ぶさた》をいたしておりました……」と、辞宜を小声で交わし、それからいっそう声をひそめ、深刻な様子で話し合った。

やがて、部屋の一隅に控えていた市兵衛に里景が声をかけた。

「唐木さん、出かけますので、支度をお願いいたします。それから、今宵の宿は林どののお屋敷にお借りいたすことになりましたので」

「承知いたしました。正助さんと荷はいかがいたしますか」

「正助と荷は成田屋さんにお頼みして、明日、唐木さんが連れにきてやってほしいのです。今は、ご自分の荷だけをお持ちください」

「では、そのように」

市兵衛は手早く身支度を済ませた。

成田屋の亭主と女房に見送られ、森閑とした三軒屋の往来に出た。

提灯は林がさげて前をゆき、里景は饅頭笠をかぶり、引廻し合羽に身体をしっかりとくるんだ。

市兵衛はすぐ後ろに従い、里景の疲れた足どりを気遣った。

忍田城下への夜道は、凍てついた暗闇が重たくのしかかり、吐息すらも凍りつきそうだった。

しばらくは、佐間村の畑地らしき野をゆき、ほどなく家並みや樹林の影がつらなる城下はずれに差しかかった。

橋を二つ渡って、城下に入る門わきの袖門《そでもん》をくぐった。

門内には町家とおぼしき家並みが続き、寝静まった通りをなおも数丁いった。

町角を三つ曲がって、小堀が囲い石垣の上に高い土塀《どべい》を廻らした大きな屋敷の門前に出た。

小堀には石橋が架《か》かっていて、それが牢屋敷とわかったのは、林が門番所の番人にかけ合い、わきの小門より石灯籠の灯る邸内に入ってからだった。

江戸の小伝馬《こでんま》町の牢屋敷ほどの大きさはないが、夜の暗がりの中に牢と思われる建物の重たげな影がつらなっていて、漂う気配が似ていた。

羽織袴の番士が現われ、林清明と小声を交わした。

林が番士の手に、さり気なく何かをにぎらせるのが見えた。番士はそれを羽織の袖に素早く仕舞《しま》うと、里景と市兵衛に探るような眼差しを投げてから、

「では、こちらへ」

と、無愛想に林を促した。

番士のあとに従って、暗い邸内の土塀に沿って進み、土塀の途中の小さな引き戸をくぐった。

引き戸の中は町民や百姓の牢ではなく、武士以上の者を収監する牢の張番所と思われた。張番所の奥に長火鉢《ひばち》があり、鉄瓶《てつびん》がかかっていた。番士は案内をした者がひとりらしく、ほかに牢屋の半纏に股引を着けた番人が二人いた。

「唐木どのは、こちらでお待ちください」

と、林が冷ややかに言った。

番士が導き、林と里景は張番所から鞘土間と思われる土間へ踏み入った。

土間には所どころの壁の上のほうに、小さな明かりが灯され、牢の縦格子《たてごうし》がぼんやりと見えた。

だが、その明かりだけでは、土間の奥は幕が覆ったように薄暗く、牢内の囚人の姿までは見きわめられなかった。

三人の後ろ姿が、格子の前をすぎて土間の暗がりの奥に消えていき、静まりかえった牢から生ぬるい臭気が張番所に流れてきた。

臭気が市兵衛の鼻についた。

そのとき、三人が消えた薄暗い奥で高い声が甲走《かんばし》った。それは、誰かが人の名を呼んだような、喘ぐような声だった。

声はすぐに消え、牢は息苦しい静寂に包まれた。やがて、かすかな忍び泣きに似た声が絞り出された。それとともに、咳払いや間のびした大きなあくびや、寝がえりを打つ気配で、暗い牢はわずかにざわついた。

そしてそれも、淡くかき消えていった。

「お侍さまも、笠木胡風先生のご門弟で？」

番人のひとりが、市兵衛に張番所の長腰掛を勧め、話しかけた。

「いえ。わたくしは供の者です」

「おひとりは、前にも見えられたお方だ。そう確か、儒者師範役の林清明さまでございますね。ならば、もうおひと方のお供で。さようで。どちらか、他国より旅をしてご城下まで、こられたのでございますか」

　番人は、市兵衛の旅装束を見廻した。

「江戸から、まいりました」

「ほう、江戸から。もうおひと方は、江戸のどなたさまでございますか」

「わたくしは一介の供の者ですので、お名前は何とぞ……」

　番人は、もうひとりの番人と顔を見合わせた。

「よろしゅうございますとも。役目でお訊ねしているのでは、ございません。何ね、笠木胡風先生の入牢以来、ご城下がなんとはなしに騒がしくなってまいりましてね。なんでも、笠木先生のご門弟衆の間に不穏《ふおん》な動きがあるとか、胡風先生の捐縛にはご家中の事情があるなどと、噂《うわさ》が流れておるのでございます。このところ、笠木先生に会うためよく人がこられます。なあ」

「そうだな。お侍さま方のお考えは、わしらにはよくわからねえが」

　もうひとりの番人が、こんな刻限に迷惑な、という素ぶりを隠さなかった。

ふと、阿部家奥向きのお年寄・お滝の方の、昨夜の言葉が浮かんだ。

里景どののお指図に従い、何があろうとも里景どのの身の警固役を無事果たし、息災に旅を終えて江戸に戻ってきていただきたい……

お滝の方はまばたきもせずに言った。

それが五十両に見合う仕事だ、と市兵衛は腹の中で言い聞かせた。

「番人どの、お訊ねいたします。笠木胡風先生とは、どのような方なのですか」

番人らは目配せし、頷き合った。

「胡風先生は東妻沼村で、胡風庵という手習所を開いて、村の子供らに読み書きを教えておられるそうです。その前は、林さまと同じ儒者師範役で、お城勤めをなされていた偉い先生と聞いていますがね。手習所の師匠をなさっていても、胡風先生の教えを乞う門弟の方々が、今でも大勢いらっしゃると評判です。わしらにわかるのは、それぐらいだな。どうだ、おまえは」

「うむ、そんなもんだ」

「笠木胡風先生は、何ゆえ捕縛され、牢に入れられたのですか」

「それが、もう二十日近く前、忍田領の今井村というところで、御公儀のお役人と従者が斬られ、手をくだしたのが笠木胡風先生だという疑いなのでございます。ただ今は、連日そのご詮議が行なわれている最中で、相当厳しいおとり調べのようでございますね。何しろ、御公儀のお役人が忍田領内で斬殺され、しかも手をくだしたのが元阿部家の儒者師範役とあっては、御公儀に面目が施せぬと、郷方ではなく、ご重役が直々にご詮議なされておられますようで」

責め問《せどい》か、と市兵衛は思った。わたしよりもっとつらい思いをしている者がいると里景が言ったのは、笠木胡風の身のうえに違いなかった。

「村の子供らのために手習所を開いている胡風先生に、何ゆえそのような疑いがかかったのですか」

「さあ。そこの事情までは、わしらには無理だ。なあ」

「ああ、無理だ」

番人らは頷き合った。

土間を摺る足音が聞こえ、番士と林清明と里景が、牢内の薄明かりの下に戻ってきた。林の後ろの旦景は、指先で涙をぬぐっていた。

五

牢屋より、里景と市兵衛は林清明にともなわれ、暗いお濠に架かった板橋を渡り、大手門と教えられた夜目にも壮麗な櫓《やぐら》門の脇門を通って城内に入った。

大手門から、内忍田の大きな武家屋敷が並ぶ城内の往来をたどり、さらに幾重《いくえ》にも道を折れ、幾つかの橋や門を通って、家中では中級以上の身分の家臣が居住する下荒井の往来に出た。

往来の両側に土塀に囲まれた広い武家屋敷がつらなり、星の美しい澄んだ夜空が屋敷地の上に広がっていた。

林清明の屋敷に着いて、市兵衛と里景はようやく旅装を解いた。風呂と簡単な夜食の支度が調えられていた。だが里景は、

「せっかくのお心遣いを申しわけありませんが、これ以上起きていることはつろうございますゆえ、横にならせていただきたい」

と、林に詫びて、寝間にあてがわれた部屋に退った。

市兵衛が手早く寝支度を済ませたときは、丑《うし》（午前二時頃）の刻限に近くなっ

ていた。

里景の寝間と襖を隔てた次の間に、市兵衛の布団《ふとん》は敷《し》きのべられていた。布団に入りかけると、隣の部屋に気だるげな咳が聞こえた。嗄《しやが》れた咳が繰りかえされ、里景が起きている気配がした。

「里景さま、お加減はいかがでございますか」

襖ごしに静かに声をかけた。

「お休みになるところを、申しわけありません。大丈夫……」

里景は力なく言いかえし、また咳きこんだ。

寝間の襖を、「失礼いたします」と引いた。

寝間は有明行灯の薄明かりが灯され、布団に端座した里景の痩《や》せた姿を、ぼんやりと映していた。

寝間の明障子と縁側の板戸が一尺（約三〇センチ）ほど開けられていて、寝間は凍えるほどに冷えきっていた。里景は、肌着の上に羽織を袖を通さず肩にかけただけで、縁側の外を眺めているふうであった。

「どうなされましたか」

市兵衛は訊いた。

「起きているのさえつらかったのに、横になりますと、気が昂《たか》ぶって休めないのです。動悸が激しく打ち、堪えがたいほどの不安に襲われました。息苦しくてならず、戸を開けて星空を眺め、気を静めておりました」

里景は、顔を縁側のほうへ向けたまま言った。

縁側の外は漆黒《しっこく》の闇に塗りこめられ、その闇と軒庇《のきびさし》の影の間に星空が見えた。

「この寒さでは、お身体に障ります。布団にお入りください。戸を閉めます」

「もう少し、このままで。動悸が治まるまで……」

「お腰を、おもみいたしましょうか」

「ありがとう。いいのです。寒さと疲れと戦いながら夜道を歩いていたときは、つらさから早く逃れたい、横たわりたい、楽になりたいと思っていたのに、身体は楽になっても、心の苦しさからは、逃れようがありません。驚かれたでしょうね。唐木さんをいきなり、牢屋に連れていってしまいました」

「驚きはしません。わたしの仕事は、里景さまのお指図に従い、ご身辺を警護いたすことでございます。そのことのみを考えております」

「入牢していたのは、笠木胡風というわが幼馴染みです。童子のころより優秀で才気あふれた、わが自慢の友でした。身分の低い家柄の生まれですが、胡風の評判は国中に知れわたっておりました。十三歳のときに、儒者師範役の家に養子縁組をして入り、儒者の道を歩み始め、二十代半ばの若さで、阿部家の儒者師範役に就いたのです。わたしが家督を縁者に譲り、侍の身分を捨て、江戸に出た同じころ、胡風も儒者師範役をなげうち、養子先をも出て野にくだり、東妻沼という村に、村の子供らに読み書きを習わせる傍ら、胡風庵という私塾を開いたのです。この忍田には、胡風を師と慕う門弟らが、農民や町民の中にも、家中にも大勢おります」

そしてまた、嗄れて弱った咳をした。

「同じ歳で、ともに阿部家を出てそれぞれの道をゆく身ながら、胡風とわたしはまるで違う。わたしは俳人、宗匠などと呼ばれ、望み以上の名声を得て、里俗にまみれてきました。胡風は、名声も富も、望んではおりません。胡風は民の中に暮らし、質実に生き、民とともにありたいと、ただそれのみを願っておるのです。わたしなどとは、人としての格が違う」

里景は沈黙をおき、短い静寂が流れた。

「なんということだ。そんなわが友が、罪の疑いを受け、入牢したのです。胡風が、人を疵つけるはずはないのです。わが友にかけられた嫌疑を、はらさなければばなりません。このままでは、わが友は……」

　そこで、言いかけた言葉を里景は呑みこんだ。

　市兵衛は、里景が何を言いかけたのか、訊ねなかった。ただ、自分のなすべきことのみをなせ、と自分に言い聞かせた。


　翌日早朝、市兵衛は佐間村三軒屋の成田屋へ、正助を迎えにいった。

「お待ちしていました、市兵衛さん」

　風呂敷にくるんだ小行李の荷を肩にかついで、正助は成田屋の前土間に走り出てきた。ひと晩寝て、もうすっかり元気をとり戻しているふうである。菅笠の顎紐を結びながら、

「気がついたら、旦那さまも市兵衛さんも昨夜のうちにご出立なさったと、成田屋のご主人に聞いて、びっくりいたしましたよ」

　と、少し不満そうな顔つきで言った。

「市兵衛さんがお迎えにきてくださるということでしたので、まだかなまだかなと、お待ちしていたんです。どうして、起こしてくださらなかったんですか。ほんのちょっと、うたた寝していただけなんですから」

「石のようになって、うたた寝していたな。里景さまが、起こすのは可哀想だから、寝かしておくようにと、気遣ってくださったのだ。どうしても、昨日のうちに寄らねばならぬところもあった」

「おや、どのようなご用で、どちらに寄り道なさったんですか」

「それは、里景さまから聞くといい。朝ご飯はいただいたのかい」

「いただきました。旦那さまのことが気にかかって食い気が湧《わ》かず、ご飯もたった三膳しかお代わりできませんでした」

「ご飯をたった三膳では、小食だね」

市兵衛と正助は、成田屋の亭主と女房に礼を言って三軒屋の往来へ出た。

三軒屋を東のほうに戻った辻に、葉を落とした柿の木と、根元に石地蔵が祀《まつ》られていた。昨夜は南のほうからあの辻に出て、三軒屋にきた。

澄みわたった青空が北武蔵の野を覆っていた。肌を刺す寒気はゆるみ、のどかな佐間村の田畑が広がっていた。

道に沿って高い松並木が、三軒屋の辻から城下のほうへ続いていた。

天満宮の前をすぎ、橋を渡って組屋敷が道の両側に並ぶ往来を三丁ほどいってまた橋を渡り、八軒口《はちけんぐち》をくぐった。八軒口を入ると荒《あら》町である。どの表店も朝の商いが始まって、往来は賑わっている。

「大そう賑やかですね、市兵衛さん」

「ふむ、賑やかだな」

「と言っても、両国《りょうごく》の広小路ほどではありませんけどね」

「ふむ、両国の広小路ほどではないがな」

「なんと言っても、江戸の両国の広小路は諸国一の賑わいですからね」

「正助さんは、両国の広小路へよくいくのかい」

「いいえ。いったことはありません。旦那さまは人ごみを好まれませんから。うるさくてかなわない、あんなところでは句が詠めない、と仰って。下谷の広小路だって、わたしはいったことがありませんよ」

と、正助はそれが自慢そうに言った。

下荒井の林清明の屋敷に正助を連れて戻ると、里景に来客があって応対の最中であった。林家の下女によれば、市兵衛が正助を迎えにいっている間に、里景の来客はもう三人目だった。前の二人は若い侍で、今の客は町家の「商人ふうの方です」と下女は言った。

部屋で正助の旅装を解くのを手伝ってやった。

小行李の荷を、「これは旦那さまのお肌着で、これは……」と整理しながら正助が、昨夜の寄り道先を質《ただ》した。牢屋へ供をした経緯をかいつまんで話すと、正助は手を止めて、ふうむ、とませた顔つきを浮かべた。

「すると、儒学者の笠木胡風先生を、牢屋にお訪ねになられたんですね」

「正助さんは、笠木胡風という儒学者を知っているのかい」

「そりゃ知っていますよ。あたり前じゃありませんか。旦那さまのおそばに、長くお仕えしているんですから」

「では、笠木胡風先生にどういう一件の罪がかかって牢に入れられたのか、その事情も知っているのかい」

「はい。旦那さまは詳しくはお話しになりませんが、察しはついています。長くご奉公しておりますと、それぐらいはわかるものです。わたしの口からは申せませんので、お知りになりたければ、旦那さまにお訊ねになってください。旦那さまはいろいろとこみ入った事情をお抱えですから、わたしが軽々しくお教えするわけにはいかないのです」

　正助は得意げだった。

「そりゃあ、そうだ」

そこへ、下女が「里景さまがお呼びです」と知らせにきた。

客座敷にゆくと、里景と林のほかに、お仕着せふうの長着に羽織姿の商人風体の客がいた。正助が畳に手をつき、

「旦那さま、お早《はよ》うございます。昨日は大変な旅をお疲れさまでございました。ゆっくりお休みになられましたか」

と、たどたどしいながら、いたわるように言ってみなを笑わせた。

「ありがとう。おまえも疲れたろう。元気になったか」

「はい。わたしは元気いっぱいですので、旦那さま、ご安心ください」

そうかそうか、と里景はやわらかな笑みを浮かべ、商人風の客に正助と市兵衛を引き合わせた。

「こちらは、忍田城下にて足袋問屋を営まれておられる《岡本屋《おかもとや》》の番頭さんの、三四郎《さんしろう》さんです」

「岡本屋の番頭を務めます三四郎でございます。よろしくお見知りおきを、お願いいいたします」

「これから岡本屋さんのお店にいくことになりました。しばらく岡本屋さんのお店にご厄介になります。正助、唐木さん、すぐに出ますので、よろしいですね。

同じご城下ゆえ、そのまま荷だけを持って……」

「承知いたしました」

「林どの、お世話になりました。今後とも、よろしくお願い申し上げます」

「わたくしにできることがありましたら、なんでも仰ってください。ご家中でもいろいろな動きが出始めております。まだ少しときがあります。その間に、みなの動きがひとつになれば、埒《らち》は明くと思います」

「はい。そのためにも急がねばなりません」

里景と林は頷き合い、互いに意を含んだ言葉を交わした。

四半刻《しはんとき》（約三〇分）後、林家の屋敷を出た。下荒井の往来を三四郎に従い、下《しも》忍《おし》門の橋を渡って下忍門よりご城内の道をとった。

里景は饅頭笠と引廻し合羽を脇に抱え、片方の手で杖をつき、頭には宗匠頭巾をかぶっている。

腰に帯びた二刀が、老宗匠の風体に似合っていなかった。

下忍門の次が橋を渡って熊谷門で、熊谷門を入ると勘定所の屋敷がある。勘定所の前を城主の館のある成田《なりた》門へいたる方角と、内沼《うちぬま》橋へ向かう方角に分かれ、南側の城壁には三重の櫓が青空を背に見あげられた。

内沼橋御門を抜け、外沼橋《そとぬま》の御門を通って、南北に大沼と呼ばれる大きな堀がひろがる間をゆく外沼橋を、内忍田のお屋敷地へ向かった。

外沼橋の両側は、葉を落とした枳殻《からたち》の灌木《かんぼく》がつらなり、灌木ごしの、緑に染まった大沼の北の向こうに、木だちに覆われた姥島《うばしま》という島が見わたせた。

水面にも姥島の木々にも、気持ちのよさそうな冬の白い日が降っていた。

外沼橋よりの道が、内忍田の通りにつながっている。

通りを左へ折れて、お屋敷地の土塀がつらなる通りを北谷口のほうへ向かう途中に大手の櫓門がそびえている。大手門の橋を渡ったさらに外側に、大手の外門が北口と南口にあり、

「こちらで、ございます」

と、岡本屋の三四郎は北口の門へ導いた。

北口の門より堀端の道を北へとって、大通りに突きあたった。

そこから大通りを右へ折れると、両側に忍田町の町並みが、北東方向にはるか彼方までつらなっていた。大通りは、それまでの閑静な武家地とは違って、人や荷馬や荷車がゆき交い、活気にあふれていた。

三四郎は、通りかかった顔見知りの商人や客と会釈や辞宜を番頭らしく交わし

ながら、忍田町の本町を歩んでいく。

「唐木さん、ここを曲がれば北谷《きたたに》横町です。この先に谷郷口があって、谷郷口から弥藤五まで脇往還でいけます。胡風庵のある東妻沼村は、途中の福川という川の手前です。明日か、遅くとも明後日には東妻沼村の胡風庵にまいりますので、唐木さんもこの横町を覚えていてください」

　里景が、大通りの途中の横町の角で市兵衛に言った。

　北谷横町を半丁（約五四・五メートル）ほど通りすぎた左手の道端に、高札場があった。札の辻と言われている荒町との辻で、大通りを荒町に折れて南へ真っすぐにゆくと、佐間村から城下に入った八軒口にいたる。

　その札の辻を通りすぎ、本町から上町に入って、大工町に折れる辻もすぎて中町に差しかかった処に、足袋問屋・岡本屋の屋根看板が見えた。

　岡本屋は表の大通りに面した間口は、さほど大きくはなかったが、奥行きのある大店と言っていい問屋だった。折りしも荷車が店表に止まり、人足が幾つもの木箱の荷を、荷車から店へ運び入れていた。

　三四郎に導かれ、岡本屋の前土間に入ると、「お帰りなさいませ」「番頭さんのお戻りです」と、手代や小僧らの声がかかり、店の奥から岡本屋の主人らしき男が走り出てきた。

「おお、芦穂里景宗匠でございますか。お待ち申しておりました。岡本屋の仁左《じんざ》衛門《えもん》でございます。どうぞ、宗匠、どうぞ中へ。みなさま、もうおそろいでございます。ただ今すすぎをお持ちいたします」

手代や小僧らが、里景に「おいでなさいませ」と声をそろえた。

六

足袋問屋の岡本屋と大通りを隔てた斜向《はす》かいに、蒲焼《かばやき》の店が臙脂《えんじ》に屋号を白く染め抜いた半暖簾《のれん》を軒に吊るしていた。

半田余助《はんだよすけ》は、その暖簾を払い、甘い垂れの焦げる匂いのする店の、低い軒をくぐった。店の者に案内も乞わず、前土間から店の間にあがり、店の間の手すりもない狭い板階段をのぼって、古びた廊下を軋ませた。

廊下の突きあたりの、引き違いの腰障子を引いた。

部屋は表通りに面した四畳半で、面格子の窓がある。

三人の侍がいた。ひとりが面格子の窓のそばにいて、通りを見張っていた。二人は、幾人かの名前を記した半紙を挟《はさ》んで向き合い、ぶつぶつと鈍い遣りとりを交わしていた。

障子戸を引いた半田余助を、三人の男たちが見あげた。よう、とひとりが素《そ》っ気《け》ない声を投げた。窓のそばの侍は、すぐに通りのほうへ顔を戻した。

「やっと、暇がとれました。夜間の勤めはくたびれます。ところで、お知らせがあります。ですがその前に、腹が減りました。蒲焼を馳走になりますよ」

「ふん、いいとも。好きなだけ食え。どうせ、勘定は上の役目だ。で、どんな知らせがあるのだ」

猪狩俊平《いかりしゅんぺい》が言った。

猪狩と向き合った幡厚貞《はたあつさだ》と、面格子から顔をふり向けた徳崎弁次郎《とくざきべんじろう》が、新店にある牢屋の番士・半田余助を見つめた。

「昨日の夜更け、儒者師範の林清明が牢屋にきました」

半田余助は言いながら、半紙を挟んで向き合った二人のそばに坐った。

注文をとりにきた襷《たすき》がけの店の小女に、半田は蒲焼と酒を頼んだ。

「林清明が、また笠木に会いにきたのだな」

「林がきたのは二度目です。真夜中の九ツ（深夜零《れい》時頃）に近い刻限で、見知らぬ者を二人、ともなっておりました。ひとりは笠木と同じ老いぼれの、芦穂里景とかいう江戸の俳人と聞きました」

「俳人？　なんだそれは」

「俳諧ですよ。五七五の音律があって、季題とか、なんとかや、とか、なになにけり、とか、なんとかかな、とか聞いたことがあるでしょう。有名どころが松尾芭蕉、与謝蕪村、近ごろじゃあ、小林一茶が評判です」

「ふん、よく知っているな」

「よく知っているなって、俳諧ぐらい、あたり前の素養ですよ。芭蕉の風狂とかさびとか、かるみとか、知りませんか。夏草や兵《つわもの》どもが夢の跡、ですよ」

「知らんよな」

「あたり前の素養だと？　牢屋の番士ごときが立派なことだ」

幡と徳崎が目を合わせ、くぐもった笑い声をたてた。

「牢屋の番士ごときとは、なんですか。無礼ですぞ。あんた方だって、軍事方の穴山《あなやま》さまの手駒にすぎないじゃありませんか。太平の世に軍事方なんか、なんのお役にもたっていないでしょう。わたしは夜間の勤めからの戻りですよ。あんた方は勤めもなく、こんなところでごろごろしているだけだ」

「こいつ、軍事方を愚弄《ぐろう》するか」

「牢屋の番士を愚弄したのはそっちだろう」

「よせ。つまらぬ言い合いをするな」

猪狩が、冷めた口ぶりで三人を制した。

「で、林が俳人の芦穂里景を、真夜中に牢屋へ連れてきたのか」

「もうひとり、唐木市兵衛とかいう侍もおりましたが、この男はどうやら芦穂の供の者らしく、張番所に控え、笠木とは会っていません。瘦せたぼおっとした様子の男です。どうせ、江戸の食いつめ浪人が、旅の供役に雇われたのでしょう。気にかけるにはおよびません」

半田を睨《にら》んでいた徳崎が、面格子のほうへ顔を戻した。

「笠木と芦穂は、どんな話をしていた。林もそこに加わっていたのか」

「牢格子を挟んで、ひそひそとやっておりました。林はそばにいるだけで、笠木と芦穂の声ばかりが聞こえました」

「話は全部、聞いたのか」

幡が口を挟んだ。

「わたしはかかわりのない者ですから、少し離れて三人を見張っているという立

穂は忍び泣きをもらしておりました」

「しかし、ひそひそ話でもなんとなく聞けました。どうやら芦穂の生まれは、忍田のようです。笠木と芦穂は、幼馴染みらしき口ぶりでした。話をしながら、芦穂は忍び泣きをもらしておりました」

「幼馴染みの身を案じて、忍び泣きか。とんだ愁嘆場《しゅうたんば》だな。それで?」

「笠木が一件の事情をどこまで気づいているかは、二人の話では知れません。ほかの者が会いにきたときと同様、捕縛された経緯を語り、身に覚えのない罪の疑いをかけられ責め問を受けていると。耐えるしかないと言っておりましたが、あの歳で責め問は相当応えておるのでしょう。衰弱がひどい。あまり強引にやりすぎると、牢死させてしまって、かえって笠木胡風の門弟らが騒ぎたてるのではありませんか。家中には胡風に私淑《ししゅく》している者が存外多いと聞いています。そういう者らが事情を明らかにせよと騒ぎ出し、そんなことになれば、お家騒動が起こりかねませんよ。何しろ、ご家老の萱山軍右衛門《かややまぐんえもん》さまとご用人の中曾木幹蔵《なかそぎかんぞう》さまの政は、ひと握りのお金持ちをのぞいて、ご領内の評判は芳《かんば》しくありませんからな。事を荒だてない狙いで笠木胡風を捕縛したはずなのに、大丈夫ですか」

「笠木の詮議は、穴山さまが直々にやっておられる。穴山さまのご判断なさることだ。ここでわれらがとやかく言っても始まらぬ。ほかには」

「胡風庵に残した若い女房の、八枝の身を案じておりました。芦穂が、胡風庵にいって八枝の様子を確かめると言っていたかと」

「三十も歳の離れた若い女房を、ひとり残しておるのだ。そりゃあ、老いぼれには気にかかるよ。ひとり寝はさぞかし寂しかろうとな」

猪狩と幡が怪しげな笑い声を交わし、徳崎がふりかえってにやにやした。半田はつまらなそうに顔をしかめ、

「どちらにせよ、わたしは御公儀の御鳥見役を、本当は誰が何のために斬ったのか知りませんし、知る気もありませんので。上がそうせよとお指図なさることに従っておるだけですから」

と、素っ気なく言った。

「言うではないか。寄らば大木の下と考えて、ご家老さまとご用人さまのお味方をしておるのだろう。せっかく寄った大木が根腐れせぬよう、半田にも役にたってもらわねばな」

「お、あれは岡本屋の番頭だ。連れがいるぞ」

面格子のそばの徳崎が言った。

猪狩と幡は、坐ったまま身体をひねって徳崎の左右に並びかけた。半田は立ちあがり、三人の頭の上より面格子ごしに通りを見おろした。

「番頭が連れているのは誰だ。年寄りと若い男だな。子供もいる」

「宗匠頭巾をかぶっているのが、芦穂里景です。後ろについているのが唐木市兵衛とかいう供の者です。子供は身のまわりの世話をする奉公人でしょう。けど、あの唐木市兵衛という供は、存外……」

「存外、なんだ」

猪狩が頭上の半田を見あげた。

「痩せてはいますが、存外、肩幅があって、背丈も高い様子ですね。昨夜は暗くてよくわかりませんでした。ああいう男だったのか。もっとひ弱い感じに、見受けられたんですが」

そのとき、廊下に小女の声がかかって、腰障子が引かれた。

「お待ちどおさまです」

と、角盆に載せた蒲焼の皿と徳利《とっくり》と杯を運んできた。蒲焼の甘く香ばしい匂いが部屋にあふれた。

「おお、腹が減っているのです。早速いただきますぞ」

半田は小女のおいた盆の前に坐り、杯に徳利を傾けた。自分で、「まずは一杯いただいて」と、勢いよく杯をあおった。

猪狩は、半田の様子を鼻先で軽く笑い捨てた。矢立の筆をとり出し、半紙に芦穂里景の名を書き入れた。それから、筆を止めてどうするか少し考え、唐木市兵衛、と里景の名の隣に小さく書き添えた。


その夕暮れ、軍事方師範役の穴山源流《げんりゅう》は、成田御門と太鼓御門をすぎて二の丸裏御門を入り、中の口から二の丸にあがった。

殿中の小姓方に導かれて、家老の御用部屋へ通った。

御用部屋には、家老・萱山軍右衛門と用人の中曾木幹蔵が穴山を待っていた。

阿部家では、家中の身分の高い家臣は君側に常侍し、君侯の日常諸般の用務を掌握している。しかし、阿部家は江戸防御の要となる北武蔵の忍田領を領有する徳川家側近とも言うべき譜代大名のため、領主の阿部豊前守武喬は参勤交代を半年ごとに行ない、江戸屋敷に常住することが多かった。

よって、家中の有力な家臣の多くも江戸屋敷にいて、君侯のおそばに仕えた。

忍田領内の政を司《つかさど》るのは、家老と家老輔佐役の用人であった。

家老・萱山軍右衛門と行政事務を統轄する用人・中曾木幹蔵は、町奉行、寺社奉行、勘定奉行を配下におき、番頭、物頭、目付、などの諸機関、儒者や軍事方ほか諸武芸の師範役らの中枢《ちゆうすう》となっていた。

そのため、「ご家老とご用人の権勢は、あたかも君侯のごとき」「領内における庶政は、ご家老とご用人の思うがままに牛耳られている」と、不満の声が燻《くすぶ》るほどであった。

二灯の行灯に火が入れられ、御用部屋には夜の気配が迫っていた。

ただ、中庭側の回廊にたてた明障子に、夕空の薄明かりが淡く映っていた。

「穴山、手をあげよ。もっとそばへ……」

萱山軍右衛門は、尺扇《しやくおうぎ》で穴山源流をそばへ呼び寄せた。

穴山は面をあげ、中曾木幹蔵に黙礼を投げてから萱山のそばへにじり寄った。

萱山と中曾木に穴山が加わり、三人は鼎談《ていだん》をするかのように向き合った。

「で、いかがであった。胡風の門弟らに、動きはあったか」

「本日昼間、俳人・芦穂里景を判者に招いて発句合成就祈願と称し、忍田中町の足袋問屋・岡本屋の仁左衛門の店に胡風の門弟ら十八人が顔を揃え、談合が持たれたと思われます。これが、岡本屋に現れた十八人の名です」

穴山は、配下の猪狩よりもたらされた封書を萱山に差し出した。

萱山は封書を解き、封書にくるんだ半紙を開いて、そこに記された名に素早く目を通した。そしてそれを、中曾木に手渡した。中曾木は半紙をおき、

「中に農民もまじっているのか」

と、穴山を質した。

「東妻沼村の本百姓が三名、忍田城下と熊谷宿の商人が二名、おります。そのほかに岡本屋の仁左衛門もおります。いずれも、胡風に深く師事する主だった者らです。胡風の身に危害がおよぶと知れば、身を挺してでもそれを阻止しようと動くに違いありません。また、今日の集まりには姿を見せておりませんが、家中にはまだ、胡風に私淑する者が少なからずおるでしょうから、そういう者らが同調する動きを見せぬとも限らず……」

「林清明のような、者だな」

萱山が言い、中曾木は頷いた。

「林どのは、儒者師範役として、胡風のあとを継ぐ者と自任されておるようですな。それと、江戸屋敷の奥方さまも、でございます」

「それよ。奥方さまは、政のなんたるかも知らずに、悪戯《いたずら》がすぎる。昨日の江戸屋敷からの知らせでは、胡風の捕縛以来、奥方さまはわれらの政に異論を唱える者らに、かなりあからさまな働きかけをしておられるようだ。わが殿は、われらの政にご理解を示されておるにもかかわらずだ」

「しかも、芦穂里景なる俳人を、忍田に寄こされました。胡風の門弟らを焚《た》きつけ、ご家中にひと騒ぎ起こさせるおつもりでしょうか。芦穂里景なる者のことなど、考えもおよびませんでした」

「ご家老、芦穂里景は、どうやら忍田の者にて、笠木胡風と幼馴染みだったようでございますぞ」

穴山が口を挟んだ。

「すると、芦穂里景は、阿部家の家臣だったのか」

中曾木が質し、穴山は昨夜の牢屋で胡風と里景の話し声を聞いた番士の報告を伝えた。

「そうなのですか。そういう者らなら、念のため、芦穂里景の素性を調べておきましょう」

中曾木が冷ややかに言った。

「俳諧など、身分の低い道楽三昧《ざんまい》の町人どもがもてあそんでおる、所詮は戯れではないか。埒もない俳人ごときを寄こし、門弟らを焚きつけるとは、奥方さまの身でありながら、わが阿部家に仇《あだ》をなすも同然だと、言わざるを得ぬ。そう思わぬか。政は、綺麗《きれい》事では済まされぬのだ。前へ進めねばならぬ。すべての者によき政などありえぬ。何を優先するかによって、不満を抱く者も出る。それを一々考慮していては、政は前に進まぬ」

「政を前に進める者こそが、まことに領国を富ます優れた為政者なのです。声なき多くの民は、ご家老のご執政に心から賛同いたしております。笠木胡風ごときの見せかけの善を唱える輩《やから》は、領国にとって害悪であり、今や、見逃すことのできぬところまできております。このたびの一件は、胡風らの害悪を領国より除くよき機会でございます。これを機に、胡風らを一掃できれば、災いを転じて福となす、でございます」

中曾木が、物思わしげな忍び笑いをもらした。

「笠木の詮議はどんな具合だ。いつ落ちる。老いぼれの詮議に、ときがかかりすぎるのではないか。何をぐずぐずしておる」

萱山が、声を低くして言った。

「思っていたよりは我慢強い男でございます。ですが、所詮は老いぼれ。間もなくでございます。しかし、どうせ打ち首になるにしても、責め問がすぎて死なせてしまっては、胡風の門弟らに真相を明らかにせよと、騒ぎたてる口実を与えることになりかねません。鳥見役の一件に始末をつけ、同時に、お家に害悪をもたらす笠木胡風を潰《つぶ》す狙いが、はずれることになります。胡風はわれらの責め問を受けてだいぶ弱っております。やりすぎぬよう、見計らっております」

「それはそうだが、鳥見役の一件も胡風潰しも胡風が白状してこそでござる。肝心のところをはずしては、穴山どの、いっそうむずかしい事態に、なるかもしれんのですぞ。むずかしい事態とは……」

中曾木が身を乗り出し、氷のような目つきを穴山へ向けた。

「鳥見役の一件を胡風が白状し、胡風を打ち首にして一件の顚末《てんまつ》を江戸の殿さまにご報告いたすこと、それができなければ、胡風潰しどころか、鳥見役の一件の事情を御公儀に追及される事態となるのは必定《ひつじょう》。それはわれらが、どういう事態に追いこまれるのか、これまでわれらが心血をそそいで築いてきた阿部家における立場がどういうことになるのか、おわかりでしょうな」

「わ、わかっておりますとも。あと、一両日のうちには、けりをつけます」

萱山も顔をしかめて、穴山を見つめている。

中曾木は続けた。

「笠木胡風のような融通の利かぬ輩は、愚鈍さゆえに、妙な我慢強さがある。容赦ない責め問は続けるべきですが、胡風を追いこむために、ほかの手も考えられませんか。身体ではなく、あの男の愚鈍な心を痛めつける手です」

「愚鈍な心を、でござるか」

「例えば、笠木の八枝という女房は、かつて笠木の門弟でもあり、三十ほど歳の離れた、まだ二十代と聞いておりますが」

「いかにも。八枝は二十六か七。三十歳になっておりません」

「若い女房を、笠木はさぞかし可愛《かわい》がっておるのでしょうな。八枝の身体に問うてみてはいかがですか。笠木の鳥見役斬殺に手を貸したのではないかと。可愛い女房が、自分と同じように責め問になると知れば、胡風の愚鈍な心も折れるのではありませんか。それでも折れなかったら、八枝を責めたて、胡風に手を貸したと白状させるのです。真偽など、考慮に値しない。政を進める者にとっては、政を進めるうえで都合のよいことこそが、真実なのでは？」

「それは名案だ。穴山、手段を選ばぬ。笠木が駄目なら八枝だ。どちらからでもよい。白状を、いや真実を引き出して手柄をたてよ」

「真実さえ引き出せれば、それに基づき、胡風の門弟らを一斉に捕縛し、身分の低い者の幾人かを見せしめに打ち首、身分の高い者は役目を罷免《ひめん》し家禄《かろく》減封、町民と農民らは町奉行所と郷方に捕えさせ、これもやはり斬首でよろしいでしょう。このさい、鳥見役斬殺の罪を名目に、胡風一味一掃の荒療治を徹底すれば、わが阿部家の御公儀への面目が施せます」

「おお、そこまでやりますか。やれとお指図があれば、穴山源流、否《いな》やはございません。では、芦穂里景はいかがいたしますか。このまま放っておいて、よろしいのでございますか」

萱山と中曾木が渋面を浮かべていた。

萱山の打つ尺扇が、掌《て》に乾いた音をたてている。

「邪魔ですな。不愉快です」

と、中曾木が平然と言った。

「元は阿部家の家臣かもしれませんが、今はかかわりがないにもかかわらず、要《い》らざる嘴《くちばし》を挟みにきたとは不埒千万。それなりの報《むく》いがあってしかるべきでござろう。忍田より、消えていただきましょう」

「表だってではなくとも、奥方さまの意向を汲《く》んだ者ですぞ。芦穂里景の身に異変が起これば、江戸の奥方さまが黙っておられますまい」

「多少の手荒い手段はやむを得ません。旅の者が、忽然と姿を消すのです。亡骸はない。となれば、忍田からどこかへまた旅だったと、そう考えるしかございますまい。そもそも、鳥見役の大葉桑次郎もそうなっているはずだった。亡骸の始末がぞんざいだった」

穴山は唇を歪め、頬《ほお》を震わせた。

「芦穂里景の隣に書き添えてある、この唐木市兵衛なる者は誰だ」

萱山が尺扇で半紙を指した。

「報告によれば、おそらくこの者は、芦穂の供と思われます。ひ弱い風貌の大した働きができる者ではなさそうだと、聞いております。もうひとり、七、八歳の子供を芦穂の世話役に従えておるようです。老いぼれと供の者、子供を含めて三人。むずかしい仕事ではございません」

「穴山どの、次は間違いのないように、速《すみ》やかに始末をつけてくだされ。それから ご家老」

と、中曾木は萱山に言った。

「牢屋の胡風には、今後、誰も近づけないようにしたほうがよいと思われます。ここに名前の出ている者を厳しく断罪できれば、胡風一派は、自然に消えてなくなります。今ひとつ、事が落着いたしましたなら、奥方さまにも少しご反省をしていただかねばなりません。例えば、おそばに仕えておられるお年寄のお滝の方などに、お叱りがあってしかるべきかもしれません。実情は、お滝の方が奥方さまを陰で操っておるのではございませんか」

萱山がうなった。穴山も何も言わなかった。御用部屋の明障子に映っていた夕空の淡い明るみはとうに消え、ただ行灯の明かりを映しているばかりだった。

二の丸御殿は、暗く重い静寂に包まれていた。

第二章　在郷町

一

翌早朝、市兵衛は里景と正助のあとに従い、中町の岡本屋を出た。

白み始めたばかりの忍田本町を北谷横町へ曲がり、東町、三軒下の組屋敷を抜け、谷郷口の橋を渡った。谷郷から星宮《ほしのみや》へいたり、星川《ほし》を渡って、田畑が四方に打ち広がる縄手《なわて》をひたすら北へ進んだ。

忍田城下を出てからほどなく天道《てんとう》が顔を出し、その日も空は晴れて、薄い雲がたなびいているばかりの天気である。

降りそそぐ日射しが、晩冬の寒気をやわらげていた。

里景と正助は、一昨日の旅の疲れはだいぶ癒《い》えて、軽い足どりに見えた。

だが、里景は饅頭笠《まんじゆうがさ》に茶の引廻し合羽《がつぱ》の旅の装《よそお》いに、帯《お》びた二本が重そうである。童用の菅笠《すげがさ》をかぶった正助は、小行李《こごうり》の荷は岡本屋に預け、小さな荷を腰にくくりつけただけの旅拵《たびごしら》えだった。

東妻沼村の胡風庵に笠木胡風の妻の八枝を訪ね、東妻沼村で用を済ませ、たとえ暗くなっても、今日のうちに忍田城下に戻るつもりだと里景に言われたのは、昨夜だった。明日は城下の知人を訪ねて廻るつもりらしく、

「訪ねたい方々が、いるのです」

と、里景は言った。

昨日、岡本屋に里景を迎えた談合の場において、笠木胡風の嫌疑をはらす手だてが話し合われたのだろうとは、察せられた。

江戸の俳人・芦穂里景を判者に招いて発句合《ほつくあわせ》というのは名目にすぎず、おそらく、牢屋《ろうや》に収監された笠木胡風の門弟や胡風に師事する者らが集まり、その集まりに里景が加わったものに違いなかった。

里景は、江戸のお滝の方より受けた意向を、おそらく門弟らに伝えた。お滝の方が誰かの指図を受けているのか、それとも、自分ひとりの意向なのか。さらに里景は、一昨夜、牢屋の笠木胡風とどんな話をしたのか。

市兵衛には、未だ何もかもが曖昧《あいまい》で不明だった。

ただ、里景の身のあやうげな気配だけが、ひりひりと伝わってくる。

弥藤五と忍田を結ぶ脇往還《わきおうかん》の、中条の先の東妻沼村まで二里《り》（約八キロ）余である。

妻沼村は、熊谷宿から上野《こうずけ》国新田《にった》郡を結ぶ脇往還の継立《つぎたて》場であり、六斎《ろくさい》市もたてられている在郷町でもある。その妻沼村より東南へ一里半（約六キロ）。福川の南側に、妻沼村の飛び地の東妻沼村はあった。

東妻沼村に着いたのは、朝の四ツ（午前十時頃）になるころである。

南の縄手から村へ入ると、往来には茅葺《かやぶき》屋根の家並みが続き、どの店も戸を開いて、軒暖簾《のきのれん》や長暖簾をさげ、幟《のぼり》をひるがえし、屋根看板をあげ、小間物荒物、菓子、呉服太物《ふともの》、古着、酒、味噌醤油《みそしょうゆ》、薬種、下駄足駄《げたあしだ》、などを商《あきな》う商家をかまえていた。ほかに髪結、一膳飯屋、煮売屋、質屋、湯屋が目につき、漆喰《しっくい》の土塀《どべい》に、これは瓦《かわら》葺屋根の数棟の土蔵も建ち並んでいた。

しかし、それらの店より目だったのは、居酒屋や料理屋などの酒亭と茶屋の店で、そのどれもが二階家だった。酒亭の店先には長床几《しょうぎ》が並べられ、朝の刻限から早速酒を呑《の》んでいる客が幾人《いくにん》もいた。

さらに村の辻に近づくにつれ、二階に出格子《でごうし》窓のある旅籠《はたご》が、五、六軒ばかり固まっていた。どの酒亭も旅亭も、間口は広くないものの、奥行きが長く、路地や小路を曲がった奥にも茅葺の店が軒を並べていた。

往来の先の辻に、継立場の問屋の店が前土間を大きく開いていた。

店先には、行李を積んだ数頭の荷馬がつながれ、出発を待っているふうであった。荷馬のほかに、荷車や駕籠《かご》屋の駕籠が止まっていて、人足が威勢のいい声をあげて、店の中から運び出した荷を荷車に積みあげていた。

荷馬と駕籠のそばで、馬子と駕籠屋がかがみこんで煙管《キセル》を吹かしている。

旅籠の出格子に化粧の派手な女が腰かけていて、通りがかりの行商ふうの男とあけすけに値段の交渉をし、甲高《かんだか》い笑い声を交わした。

茶屋の前では、接客の女らが店表《たなおもて》に立って、通りがかりに艶めいた声をかけ始め、またあちこちの表店より売り声が飛び、村のどこかからは、はや三味線《しゃみせん》の音までが聞こえてきた。

往来はゆき交う旅人の姿より、着流しや、半纏《はんてん》、看板（法被《はっぴ》）を羽織《はお》った軽装の、土地の地廻りや博徒風体《ばくとふうてい》の男らや、近在の農民やどこかの奉公人らしき者、茶屋や居酒屋、旅籠の昼間から化粧の濃《こ》い女らの姿が目だって、往来はさながら宿場町の盛り場のような様相を呈していた。

市兵衛は東妻沼村の様子に、少々驚いていた。

東妻沼村は、弥藤五と忍田城下を結ぶ脇往還の継立場と聞いてはいたが、これほど繁華な地とは意外だった。

村というより、すでに在郷町になっていた。

継立場をすぎ、村の辻へ出た。辻を西へ折れると西条、東は日向へいたり、真っすぐ北へとれば福川南岸である。

葭簀《よしず》をたてかけた茶屋の女が、「お入んなせ」と、辻に出た市兵衛らに声を投げてきた。茶屋の二階の座敷では、朝っぱらから酒宴が始まっている。

「市兵衛さん、ずいぶん賑やかな町ですね。お化粧の濃い綺麗《きれい》に着飾った女の人が、沢山います」

正助が周りを見廻し、感心したふうに言った。

「この近在は、農民の余業が盛んなのだ。この賑わいだと、六斎市もたっているのだろう」

「六斎市？　なんですか、それは」

「六と一のつく日などの五日ごとに開かれる市だよ。市が開かれれば、人が集まり、物が売り買いされて商いが盛んになり、それを目あてにまた新たに人や物が集まり、昔は人の少ない静かだった村も、賑やかな大きな町になっていくのだ。人が多く集まれば、お化粧の濃い綺麗に着飾ったああいう女の人も集まってくる」

「何が売り買いされるんですか」

「絹や綿や麻の織物、鍬《くわ》やら鎌《かま》やら斧や包丁などの道具、着物、履物、食べ物、いろんな物が売り買いされる。忍田では足袋《たび》がよく知られている。足袋作りを余業にしている農民は多いそうだ」

「それは、誰が売り、誰が買うんですか」

「ふむ。農民が余業で拵えた物を、近在の村々の組合の間でとり決めをして市を開いて売るのだ。町の商人や旅の行商が、それらを買い求め、よその町や他国へいって売り、儲けを得る。反対に、町や他国から商人が持ってきたいろんな物は土地の農民が買う。また、物の売り買いだけではなく、人の集まる場所で呑み食いをしたり、お化粧の濃い綺麗に着飾ったああいう女の人と楽しむための、料理屋や、居酒屋や茶屋を営むことも余業のひとつだ」

「では、お百姓はお米を作っているのではないのですか」

「米は作っているけれども、それだけではない。米作りの合間に、様々な余業を営み、もっと儲けを得ようとし、米作りだけではない生き方を求める農民が増えているのだ」

「へえ、そうなんですか」

正助は腑《ふ》に落ちないような口ぶりで、また周囲を見廻した。

「正助、唐木さん、こちらです」

饅頭笠を持ちあげた里景が、正助と市兵衛に笑みを投げた。

胡風庵は、東妻沼村の西はずれに近い道端の、五軒の農家が樹林の陰に固まった中の一軒の、茅葺屋根の古い百姓家だった。

垣根のない庭の一画に、小さな葱《ねぎ》畑があり、二羽の鶏《にわとり》が何かをついばみつつ庭を歩き廻っていた。

胡風庵の庭先から、黒い地肌が露《あら》わになった田んぼと用水を隔《へだ》てた彼方に、西条村の神社の鳥居と、境内《けいだい》を覆《おお》う杜《もり》の中の社《やしろ》が眺められた。

そのとき、表の引き違いの戸が引かれ、女が桶《おけ》を手に小走りに出てきた。

女は縞《しま》木綿を裾短《すそみじか》に着て襷《たすき》がけにし、背中へ垂《た》らした束《たば》ね髪に手拭《てぬぐい》をかぶっていた。庭先を歩んでくる里景と正助、市兵衛を認め、「あ」と小さな驚きを見せた。里景は饅頭笠をとり、辞宜《じぎ》をした。

「芦穂里景でございます。お八枝さんですね。一年半前、わが友胡風とお八枝さんの祝言の折りにお目にかかって以来です。ご無沙汰《ぶさた》いたしておりました」

市兵衛と正助も菅笠をとって、里景にならった。

胡風の妻の八枝は、歳は二十六歳。着慣れた縞木綿が、束ね髪の大人しそうな容姿に似合っていた。目鼻だちに派手さはないものの、肌の艶やかな白さが呪縛を解き放つかのように表情を明るくしていた。

八枝は、里景と正助と市兵衛の三人を、小さな火が燃える囲炉裏《いろり》のある部屋に招き入れ、自在鉤《じざいかぎ》にかけた鉄瓶《てつびん》の湯で三人に香りの強い茶をふる舞った。

「一昨日、江戸から芦穂里景さまが忍田にお見えになるとうかがい、ひょっとしたら東妻沼村まで足をのばされるのではないかと、思っておりました」

八枝は、内庭の広い土間を背にして端座《たんざ》していた。

土間には竈《かまど》と流し場、笊《ざる》や桶や鍋、味噌壺《つぼ》、焼き餅の網などを積み重ねた棚があり、壁の明かりとりの格子ごしに午前の空が見えている。

「忍田についた一昨日の夜更《よふ》け、牢屋の胡風に会うことができました。お八枝さんに、自分は大丈夫ゆえ、心配せぬよう伝えてほしいと頼まれました。子供らの手習は変わりなく続けるようにとも、言っておりました」

八枝は、「はい」と目を伏せて頷《うなず》いた。そして、胡風が捕縛《ほばく》されたときの経緯を語った。

「……お役人と村の番太《ばんた》の捨蔵《すてぞう》さんらが、いきなり乗りこんできて、夫は手向かいをせず、ただなんの科《とが》かと質《ただ》しただけなのに、あの人たちは何もこたえぬまま夫を乱暴に縛りあげて、引きたてていきました。引きたてていかれるとき、疑いはすぐに解ける。数日で戻ってくるゆえ、変わらずに子供らの手習を続けよ、と言っておりました。なのに、今日で七日目になります。夫が御公儀御鳥見役を斬《き》った罪に問われていると聞かされたのは、捕えられた翌日です。半月ほど前、熊谷宿と館林往還の今井村で、大葉桑次郎という名の御鳥見役と六助という配下のお役人が斬られ、亡骸《なきがら》が見つかりました。その二人を斬った罪に、問われたのだそうです」

八枝は、束《つか》の間《ま》、沈黙してから続けた。

「夫は、半日たりとも胡風庵より離れるときはなく、いつもわたしと一緒なのです。書を読み、門弟の方々と学び、村の子供らには手習をさせ、わたしの親兄弟の家の農繁期には田んぼに入って土を耕し、夜はひたすら書き物にときを費《たが》やし、勉強を一日たりとも欠かすことはありません。夫は、ゆえなく人を疵《きず》つけたりはしません。また、この村より遠く離れた今井村まで出かけることなど、できるはずはないのです。なぜ夫にそんな疑いがかけられたのか、お上のふる舞いに合点がまいりません」

「胡風は、身に覚えのない理不尽な疑いだと、わたしにも言っておりました。胡風は、必ず無事戻ってきます。お八枝さんはそれまで、胡風が戻ったときにこれまでと変わらぬ暮らしが続けられるように、胡風庵をつつがなく守っていかねばなりません。胡風がおらずとも、子供らには笑顔をもって、手習師匠を務めねばなりませんな」

八枝は黙って頷いた。

「唐木さん、お八枝さんは東妻沼村の本百姓《ほん》の家の生まれで、胡風が胡風庵を開き、子供らを相手に読み書きの手習師匠を始めたときから、手習に通っていたのです。あのときお八枝さんは、十歳のまだ童女だった。そうでしたな」

市兵衛は、八枝の伏せた目のまつ毛が細かく震えたのがわかった。

「お八枝さんが師匠の胡風に代わって、村の子供らの手習師匠を命ぜられたのは十七歳のときでした。胡風に聞いたのです。お八枝さんは驚くほど頭がよく、物覚えも早かった。人柄もよく、子供らのよき師匠になるであろうと、胡風はお八枝さんを、自分の娘のように信頼しておりました。一年半前、胡風とお八枝さんが祝言をあげたとき、これが人の定めなのだな、と胡風は感慨深げに言っておりました。おそらく、娘のように思っていたお八枝さんと祝言をあげることは、胡風にも不思議な成りゆきだったのです」

「すなわち、よき廻《めぐ》り合わせだったのですね」

市兵衛は、八枝に微笑《ほほえ》みかけた。

「さよう。よき廻り合わせとは、不思議なものなのでしょう。お八枝さん、何かに困って手助けのほしいことがあれば、言ってください。一介の俳人ごときに手助けできることがあれば、胡風庵のために役だたせてください」

「ありがとうございます。門弟の方々が力になってくれますので、困っていることはありません。ただ……手習にきていた子供らの数が、減っています。子供らの親が、罪人の師匠のところへ手習にいかせるわけにはいかないと、通わせなくなっています。今に、子供たちはみなこなくなるかもしれません」

「心配にはおよびません。ときがたてば、子供らは胡風庵に戻ってきます。子供らの親にもわかります。胡風やお八枝さんが、子供らの師匠に相応《ふさわ》しいことが

「……」

八枝は眉《まゆ》を曇らせ、言うのをためらった。

「村名主の杉右衛門《すぎえもん》さんが、昨日見えて、天下の罪人の開いた胡風庵を、このまま続けさせるわけにはいかない。村の子供らに、胡風庵がどれほどの弊害をもたらすか計り知れない。早々に村から立ち退《の》くようにと、言われました」

「立ち退けと？　実事を確かめもせず、そんなことを言ってきたのですか」

「旦那さま、それはひどいですよね」

隣の正助が里景を見あげて言った。

八枝が正助に微笑みかけ、正助は照れ臭そうに顔を赤らめた。

「東妻沼村の名主は、杉右衛門さんですか。わたしが阿部家の馬廻役《うままわりやく》を務めておりましたころ、先代の殿さまのお供をして領内を見廻り、近在の村名主が総出で殿さまのお出迎えをしておられた。確かその折りに、村名主に就《つ》かれたばかりの杉右衛門さんと、言葉を交わした覚えがあります。わたしより三つか四つ歳が上の、はきはきと物を言われるような方だったと……」

里景は囲炉裏に手をかざし、遠い昔の記憶を手繰《たぐ》るかのように首をかしげた。

「杉右衛門さんは名主のお役の傍《かたわ》ら、造り酒屋も営《いとな》んでいらっしゃいます」

「ほう、造り酒屋をですか。杉右衛門さんに、会ってみましょう。わたしごときでも、少しは胡風庵のお役にたてるかもしれません」

里景が隣の正助を、どうだ、というふうに見おろすと、正助は真顔になって里景に言いかえした。

「旦那さま、わたしのほうからもよろしくお頼みいたします」

二

継立場のある繁華な町地から少しはずれた田畑に囲まれ、造り酒屋の大きな土蔵が建っていた。その土蔵と隣り合わせて、環濠と土塀を廻らした広い敷地に、東妻沼村の名主・杉右衛門の主屋の、このあたりでは珍しい瓦屋根が見えた。

隣り合わせた造り酒屋の土蔵も、瓦葺屋根だった。

屋敷には玄関と式台があって、応対に出た使用人に案内を乞い、主屋の客座敷に通された。

濡《ぬ》れ縁《えん》にたてた腰障子《しょうじ》は閉じられていて庭は見えなかったが、座敷の造りは、襖《ふすま》や欄間《らんま》、壁にしつらえた袋戸棚のある違い棚や、格天井《ごうてんじょう》など、贅《ぜい》をこらしていた。上等な煎茶《せんちゃ》の茶碗が出され、茶菓子に煎餅《せんべい》が添えられていた。

ほどなく座敷に現われた杉右衛門は、袖《そで》なし羽織《ばおり》にくくり袴《ばかま》の、歳のころは里景より三つか四つ上と聞いたが、里景よりも若々しく矍鑠《かくしゃく》として、名主らしい風貌《ふうぼう》だった。里景とやや後ろに控えるように並んで坐《すわ》った市兵衛と正助に、

「ようこそお訪ねくださいました」

と、慇懃《いんぎん》な、しかし少々の横柄《おうへい》さを隠せない素ぶりの辞宜を述べた。

「芦穂里景宗匠が忍田にご帰郷なさっておられると噂《うわさ》を聞きましたのは、一昨日でございます。ただ今江戸において名高き俳人であり、しかもわが忍田領ご出身の芦穂里景宗匠を、忍田の俳諧を愛好なさる方々が、この大晦日《おおみそか》に東照神社へ奉納なさる発句合とかの判者にお招きしたと、うかがったのでございます。何ぶん、わたくしは不調法者でございますので、なんたらやがどうたらこうたらかな、の俳諧というものがとんとわかりません。頭にすとんと、入ってこぬのでございます。ではございますが、わが領国の生んだ高名な俳人・芦穂里景宗匠に一度はお目にかかりたいものだと、願っておりましたところ、本日、この草深き片《かた》田舎《いなか》のむさ苦しきわが家をお訪ねいただき、思いもよらず願いがかないました。まことにありがたいことでございます」

杉右衛門は里景から市兵衛、正助と見廻し、

「江戸よりの長旅は、さぞかしお疲れでございましょう。何とぞ、ごゆるりとおくつろぎくださいませ。ただ今、昼の膳を調《ととの》えさせております。折よく、今朝ほど鯛《たい》と目黒《めぐろ》が届いております。この季節は、美味《うま》い刺身が長くいただけますのでよろしゅうございます。素朴な田舎料理でございますが、魚は江戸者も田舎者もございませんので。あは」

と、自分の戯《ざ》れ言《ごと》をおかしそうに笑った。

広い屋敷の台所のほうの賑わいがかすかに聞こえ、里景は、杉右衛門の調子に合わせて、明るくこたえた。

「これはご丁寧《ていねい》に、ありがとうございます。それでは、正助、唐木さん、せっかくのお志ですので、馳走になるといたしましょう」

「どうぞどうぞ。よろしければわが家に心ゆくまでご逗留《とうりゅう》なされ、鄙《ひな》びた景色を題材に、俳諧を詠《よ》まれておすごしになるのも風流では。おう、そうだ」

杉右衛門はいい考えが浮かんだ、というふうに膝《ひざ》を叩いた。

「ご逗留の間に、一度、妻沼村にご案内いたしましょう。近ごろはこの東妻沼村もだいぶ賑わってまいったとは申せ、妻沼村にはまだまだおよびません。あそこ

は、お武家屋敷がないだけの、近在では一番の在郷町でございます。わが東妻沼村も、妻沼村に劣らぬ盛んな村にしたいものでございます。もう、米作りだけで盛んな村にするというわけにはまいりません。世の中は大きく変わっております。村の者にも、従来のやり方にこだわらず、機転を利《き》かせて仕事に励まねばならぬぞと、申しております。ではございますが、できる者もおればできぬ者もおり、なかなかむずかしゅうございます」

杉右衛門はまだ充分に黒い鬢《びん》を、掌《てのひら》でなでつけた。

「東妻沼では、六斎市が開かれておるのでございますか」

里景が訊《き》いた。

「はい。周辺の村々の名主が集まり、村の者の余業がだいぶ盛んになっているので、いっそ継立場のある東妻沼でも六斎市をたててはという案が出まして、忍田のご家老さまにおうかがいをたてましたところ、ご家老さまのお許しが出て、ほんの真似事の六斎市をたてたのでございます。申すまでもなく、妻沼村の六斎市とは、盛況ぶりは比べようもございません。それでも、市がたちますとそれなりに商人が集まり、人が集まり、あれやこれやと商いが行なわれ、少しは活気づき始めておるところでございます」

「忍田は足袋作りが、盛んでございましたね」

「さすがは忍田のお生まれ。よくご存じでございます。忍田の足袋は、丈夫で長持ち、履《は》き心地よし、値はお手ごろ、と江戸の問屋さんが大勢買いつけにこられます。ご家老さまやご用人さまにも、ご愛用いただいております」

「ご家老さまは、萱山軍右衛門さま、ご用人さまは、中曾木幹蔵さまでございますね。お目にかかられたのですか」

「東妻沼の六斎市を、お忍びにて見廻りにこられ、このむさ苦しきわが家にてご休息をなされました。その折りに、ご挨拶《あいさつ》を申しあげました」

「見廻りと申せば、わたしがお城勤めをいたしておりましたころ、殿さまのご領内お見廻りのお供役を申しつかったことがございます。その折りに、この東妻沼村を通りかかり、継立場のございます辻の周辺に、旅人のための掛茶屋や酒亭が数戸固まっているだけの静かな様子を覚えております」

「さようでございましたか。それはいつごろの……」

と、里景と杉右衛門は、二十年近く以前をふりかえって、あのころはまだ四十前の働き盛りで、ああだった、こうだった、と昔話が盛りあがった。

そうこうしているうちに、昼の九ツ（正午頃）を報《しら》せる村の寺の鐘が、彼方の空に鳴り渡った。ちょうど膳の支度《したく》が調《ととの》い、使用人らが四人の膳を次々と運び入れた。

「きましたきました」

と杉右衛門が言った。

膳は本膳と二の膳まであり、鯛と目黒の刺身、鯛の焼魚、葱ぬた、玉子焼き、枸杞《くこ》

茶碗蒸し、豆腐《とうふ》の田楽《でんがく》、大根と里芋と蓮根《れんこん》の煮つけの鉢、鶏葱の鍋が並び、

の若葉と根のまぜご飯の枸杞飯が並んだ。

「魚は利根《とね》川や荒川の舟運により、江戸や銚子《ちょうし》より忍田領まで運ばれてまいりま

すので、新鮮でございますよ。どうぞ、醬油にたっぷりひたしてお召しあがりく

ださい。ここら辺でも醬油が造られるようになり、近ごろは刺身はみな醬油でご

ざいます。塩や酢でいただく鄙びた食べ方は、もういたしません。酒はわが家の

縁者が造り酒屋を営んでおり、浴びるほどございます。さあ」

宗匠、おつぎいたします。唐木さまもどうぞ……

と、杉右衛門は里景と市兵衛に徳利を差した。

里景は一杯の酒で、はや頰《ほお》を赤らめ上機嫌の様子だった。市兵衛は成りゆきを

見守るしかなく、「いただきます」と徳利を受けた。杉右衛門は、続いて市兵衛

と並んだ正助へ膝を向け、

「こちらの小僧さんは、酒はまだ早《はよ》うございますな」

と、愉快そうに笑った。

正助は豪華な膳に目を瞠《みは》り、早速、枸杞飯を頬張っている。

「いかがでございますか、宗匠。ここで一句」

杉右衛門が、戯《たわむ》れるように言った。里景は微笑み、

「さようですね。では、わたしもおつぎいたします」

と、徳利を杉右衛門へかたむけた。

「おう、ありがたいことで。芦穂里景宗匠にお酌をしていただいたと、村の者に自慢ができます」

里景は杉右衛門の杯に酒をつぎながら言った。

「塩酢より冬の目黒に醤油かな、というのはいかがでしょうか」

「ほう、塩酢より冬の目黒に醤油かな、でございますか。何やらさり気のうございますが、味わい深さが感じられます。さんまの刺身は、塩や酢より醤油に限る、というわけでございますね。いや、その通り。さすがは宗匠、名句でございますなあ。あはは」

「名句でしょうか。あまりお気に召さなかったようでございますね。ならば、これはいかがでしょうか。胡風庵日だまりに散る落ち葉かな。冬枯れた景色の中の胡風庵でございます」

するとすると杉右衛門は、ふと、首をかしげ、ゆるんだ顔つきを訝《いぶか》しそうに引き締《し》めた。杯をかざした恰好《かっこう》で、ぶつぶつと句を繰りかえした。

「胡風庵を結んでおります笠木胡風は、じつはわたしの幼馴染みでございます。子供のころは、神童と称《たた》えぬ者のないわが自慢の友でございました。阿部家ご家中の身分の低い家柄ながら、儒者を継ぐ一門の養子となり、二十代にして儒者師範役にとりたてられたのでございます。三十九の歳に、儒者師範のお役を辞し、この東妻沼村に胡風庵を結び、村の子供ら相手に、手習師匠を始めたのでございます。それから十六年の歳月がすぎ去り、みな年老いました。しかしながら、胡風とわたしは今もなお、童子のころと変わらぬ幼馴染みでございます」

里景は、ほのかに赤らんだ顔に微笑みを絶やさず、なおも言った。

「わが友が、事もあろうに、身に覚えのない罪の疑いをこうむり、お縄を受けて忍田城下へ引きたてられ、入牢の憂《う》き目に遭《あ》っているのでございます。人の道にはずれたふる舞いをする友ではありません。わたしはわが友を、誰よりもよく存じております。ならば、友にかけられた疑いを、解いてやらねばなりません。それが友として、あたり前のなすべきことでございましょう。そうではございませんか、杉右衛門さん」

　唇をへの字に結んだ杉右衛門は、杯を膳に戻し、「そうで、ございましょうな」と、真顔を里景へ向けた。

「宗匠がお訪ねになられたわけが、やっと合点がまいりました。わたくしのような俳諧などわからぬ不調法者を、江戸で名をあげられた宗匠がなぜ訪ねてこられたのか、訝しく思っておりました。あの方の幼馴染みでございましたか。そうでなければ、訪ねてこられるわけがないのでございますからねえ。江戸で名高き宗匠を、わが家にお迎えできたことを勝手に喜んでおりましたわたくしが愚かでございました。ええ、ええ、そうでございましょうとも。幼馴染みの苦境を救うために、ご帰郷なされたのでございますね。友ならば当然のふる舞いと、わたくしもさように思います。ですが宗匠、罪は罪でございますよ。犯した罪は、償《つぐな》わねばなりません。それが人の道でございます」

「まことに、それが人の道でございます。しかしながら、人の道はときとしてあやまちが起こるものでございます。罪を償わせる者と償わされる者、どちらにもあやまちを起こす場合は、あるのではございませんか」

「ほう、宗匠ほどの名高きお方が、異なことを申されます。それではまるで、あの方の捕縛は、お上に落ち度があるかのごとくではございませんか。そうだと申される証拠を、何かお持ちでございますのか」

「証拠は、友の罪なきを信ずるわが心しかございません」

「お気持ちはお察しいたします。ではございますが、信ずるだけでは、わざわざ忍田にご帰郷なされたことが無駄に終わってしまいます。あの方の疑いをはらすことは、むずかしゅうございましょう」

「無駄に終わらぬよう、せねばなりません。しかし杉右衛門さん、わたしがわが友のためになさねばならぬことは、それだけではございません。胡風庵の今後のことでございます」

「胡風庵の今後、と申しますと?」

「胡風が入牢の身になり、胡風庵は今、胡風の若い妻のお八枝さんがひとりで村の子供らのための手習師匠を務め、守っております。胡風は捕縛された折り、妻のお八枝さんに、数日で戻ってくるゆえ変わらずに子供らの手習師匠を続けよ、と言いおいたそうでございます。昨日、杉右衛門さんは胡風庵のお八枝さんを訪ねられ、胡風に罪の疑いがかけられたことを理由に、胡風庵を東妻沼村でこのまま続けさせるわけにはいかない、早々に村から立ち退くようにと、言われたそうでございますね」

「はい。天下の罪人の開いた胡風庵でございます。村の子供らを手習に通わせるわけにはまいりません」

「杉右衛門さん、罪人とは決まっておりませんよ。それとも、胡風が罪人である確かな証拠を、何かお持ちでございますか。もしも、立ち退いていただきます」

の疑いがはれたときは、どうなさるおつもりでございますか」

「どうすると、わたくしに言われましても、そんなことは……まるで、ご自分おひとりが高みに立って、物事を知ったふうに仰《おつしや》いますが、そ、それでは、御公儀御鳥見役殺害に手をくだしたのは、誰なのでございますか」

「そのように聞こえましたら、お許しください。決してそうではございません。御公儀御鳥見役殺害に手をくだしたのは誰、と申すことはわたしにはできかねます。しかしながら、胡風はおそらく今も牢屋で責《せ》め問《どい》の詮議を受けております。御公儀御鳥見役を殺害した確かな証拠がなく、胡風に白状させるしかないからでございます。それは胡風をお縄にしたお上にも、誰が、と申せぬためではございませんでしょうか」

里景は目を伏せ、ひと呼吸の間をおいて杉右衛門へ戻した。

「わたしは、杉右衛門さんのお情けにおすがりするため、お訪ねいたしました。杉右衛門さん、誰が、とも申せぬ、誰にも定かではない理由のために、胡風庵の立ち退きを命じないでいただきたいのです。村の子供らを手習に通わせるわけにはいかぬと仰られたように、そのときは、胡風庵が村の子供らに育《はぐく》んだ心も消えてしまいます。心が消えるなど、本当に悲しいことでございます。胡風は、お八枝さんに、お八枝さんが十七歳のときから子供らの手習師匠を務めさせました。胡風は、お八枝さんは頭も気だてもよいよき手習師匠であると、申しておりました。お八枝さんが今のまま、手習師匠を続けられるように、胡風庵がこののちも守られていくように、おとり計らいいただきたいのでございます」

それから……

と、里景はそのとき懐《ふところ》から一通の折り封の書状をとり出した。

「これは、阿部家ご家中のさるお方さまより、困った折りに役にたつなら見せるようにといただきました添状でございます。わたしは笠木胡風の友として忍田にまいりましたが、笠木胡風を救いたい、笠木胡風を罪なき者と信ずる方々が、阿部家ご家中にはおられます。何とぞ、杉右衛門さんの寛大なお計らいを、お願いしたいのでございます」

杉右衛門は、里景の差し出した書状を手にとり、折り封を開いた。

市兵衛は杉右衛門の様子を膳ごしに見つめ、枸杞飯を頬張っていた正助も箸《はし》を止めていた。

長い添状ではなかった。誰が授けた添状か、察しはついた。そして、笠木胡風を救う背景には、罪の疑いをはらす証拠だけではない、阿部家にかかわる事情があるのだろうとも、察せられた。

しかし、市兵衛にはまだ何もかもが察せられるだけである。

杉右衛門は添状を折り封にくるみ、里景の前へ戻した。そして言った。

「お八枝は、村では中ぐらいの高持《たかもち》の良吉《りょうきち》の娘でございます。童女のころから存じております。まことに頭の聡《さと》い、しかも気の優しい子でございました。目だたぬ顔だちながら、よく見ると目鼻だちが整《ととの》い、とても器量がよいのです。いずれ美しい村娘に育つであろうと思い、事実、そのように育ったのでございます。その美しい村娘が、あろうことか、わたくしとさして歳の違わぬ年寄りと、夫婦になったのでございます。父親の良吉がそれを許し、当人も望んだのでしょうからいたし方ないとしても、わたくしは自分の村の大事な物を、よそ者に奪われたような気がいたしました」

杉右衛門は、里景に頭《こうべ》を垂れた。

「お許しください。つまらぬことを申しました」

「いえ。胡風も歳の離れた若いお八枝さんと夫婦になったことを、不思議な廻り合わせもあるものだと、申しておりました」

「笠木胡風と、あの方の名前を口にすることさえ、よい気がいたしません。気に入りません。好かんのです。あの方が」

そのとき杉右衛門は、なぜか、同意を求めるかのように市兵衛へ顔を向けた。

どうぞ、と里景が徳利を差し、杉右衛門は黙然と杯をあげた。

「笠木胡風が学問を究めた優れた儒者であることは、村の者は存じております。わたくしもそう思っております。ですが、笠木胡風の考えは間違っております。笠木胡風は、百姓が米作りの傍ら余業に携《たずさ》わり、余業による商いあるいは仕事によって、百姓でありながら商人となり職人になり、稼《かせ》ぎを求め、米作り以外に富を求めることに、百姓の本分を損なう大きなあやまちであると、胡風庵の門弟らに教えていたそうでございます」

杉右衛門は、杯をゆっくりとあおり、里景がまたついだ。

「百姓は質素倹約に努め、怠惰《たいだ》な暮らしをつつしみ、不埒《ふらち》な賭博や遊興に染《そ》まらず、芝居や興行や淫《みだ》らな風俗などにうつつを抜かさず、農業を、米作りを専《もっぱ》らにするべきことこそが百姓の本分である。おのれの本分を守ってこそ、人は人たりうると教えられていたそうでございます。はっはっは……古いのでございます。まるで、徳川さまが関東八州をご領地になされたばかりのころのような、お考えでございます。しかしながら、天下太平の世になって、お武家さまが質実な暮らしを捨て商人に多額の借金をなさいますように、百姓の暮らしが米作りを専らにする暮らしより変わっていくのを、とめることはできないのでございます。ときの流れなのでございます。お武家さまは、百姓の作る禄米《ろくまい》を食《は》んでお暮らしのため、それにお気づきでないのではございませんか」

と、杉右衛門は再び市兵衛へ顔を向けた。隣の正助が、心配そうに市兵衛を見あげた。

市兵衛は、沈黙を守った。

「おのれを自ら助け、米作りであれ余業であれ、少しでも多くの稼ぎを求めて仕事に励み、懸命《けんめい》に努める者が報われ、より豊かになることが、何ゆえ大きなあやまちでございましょう。先ほど申されましたように、脇往還の継立場にすぎなかった小さな東妻沼村が、百姓らが懸命に働き努め、商いが盛んになって、六斎市を開くまで賑わい、妻沼村に匹敵する在郷町に育とうとしておるのでございます。確かに、村が在郷町となってよきことばかりとは申しません。人が集まれば、中には無宿者《むしゆくもの》や博徒《ばくと》などよからぬ者らもいて、法を犯し乱暴狼藉《ろうぜき》を働き、善良な村人の暮らしを脅かす恐れはございます。酒におぼれ、博奕《ばくち》にのめりこんで身代を失い、飯盛《めしもり》や茶屋の女どもにたぶらかされる者もおりましょう。だといたしましても……」

杉右衛門は杯を鳴らした。

「百姓の余業が盛んになり、東妻沼村に六斎市をたて、市に人が集まりますことは、近在の村々の望むところであり、それはときの流れであり、ひいては忍田領を豊かにする助けになるのでございます。それを何ゆえ、ふるき良き時世であったかのごとくに、米作りを専らにする百姓の本分を守ってこそ人は人たりうるなどと、苔《こけ》むした教えをまことしやかに広められるのでございましょうか。わたくしには合点がまいらないのでございます」

里景は、「はい」と頷いた。

「杉右衛門さん、胡風は、米作りを専らにする百姓の本分を守ってこそ人は人たりうるという教えを、広めてはおりません。農民の余業をあやまちと、考えてもおりません。馬廻役に就いておりましたころから、胡風とはよく語り合いました。ですから、胡風の考えは存じております。胡風はいつか、お役を退いて領内のいずれかの村に庵《いおり》を結んで暮らし、自分の考えを農民の暮らしに役だてるために生きたいと、わたしに語っておりました。胡風は自ら望むとおりに、さようにしたのでございます。例えば、杉右衛門さんは、東妻沼村の名主でありながら、造り酒屋も営んでおられますね」

ほんのりと赤らんだ頰をゆるませ、穏やかな口調を失うことなく言った。

「わたくしではなく、わたくしの縁者が営んでおります」

「さようでしたか。では、杉右衛門さんのご一族は村に広い田畑を持ち、造り酒屋は繁盛し、村一番の裕福なご一族と、知らぬ者はおりません。ありがたいことに、わたしどももこのような豪華な馳走に与《あずか》っております」

「貧しいとは申しません。ですが、それが何か」

「村には、小さな田んぼしか持たぬ百姓もおります。その者の中には、様々な災いによる収穫不足や家の者の病などの理由で、暮らしに困窮し、杉右衛門さんに田んぼを売り払った者もおりますね」

「仕方がなく、買い求めてやった村の者はおります。暮らしがたたなくなったのです。名主としてどうにかしてやらねばなりません。人助けでございます」

「表向きはそうでも、田んぼを失った農民は、水呑《みずのみ》百姓として暮らさねばなりません。すなわち、田んぼを売り払ったのちも、農民はその田んぼに縛られ、田んぼを耕し続ける自作農として生きなければならない。そういう仕組やからくりがございますね」

「はあ？　それが何かご不審でございますか」

杉右衛門は首をひねった。

「胡風は、その仕組やからくりは間違いであると、考えておりました。その仕組やからくりは、狭い田畑しか持たぬ農民を苦しめるのみならず、ひいては国を滅ぼすことになると、門弟らに教えておりました」

そのとき、隣の正助が市兵衛にささやいた。

「市兵衛さん、杉右衛門さんの様子が変ですよ。ひどく恐い顔になっています。だいぶ怒っているんじゃありませんか」

「ふむ。怒っているのだろうな」

市兵衛はささやきかえした。

一刻《とき》（約二時間）後、里景と正助、後ろに続く市兵衛の三人は、東妻沼村から弥藤五忍田の脇往還を、忍田への帰路についていた。

天道はまだ西の空に高く、穏やかな冬の午後のときが流れていた。

つぐみらしき声が、田野の彼方で、くいっ、くいっ、とさえずっていた。

ただ、北の空の果てに厚い雲が何層にも岩のように重なり合って、冷たい微風が田野に彷徨《さまよ》い始めていた。

市兵衛は道端の枯れ草をつまみ、掌《て》の中で揉《も》みしだいた。

「唐木さん、忍田に戻らねばなりません。急ぎますよ」

饅頭笠を北の空へ持ちあげた里景の横顔が、天気を気遣うように言った。

「少し風が出てきたようです。今夜は冷えこみが厳しくなるかもしれません。遅くならぬよう、一気に忍田までまいりましょう」

市兵衛は、揉みしだいた枯れ草を風に遊ばせながら言った。

正助は市兵衛の仕種《しぐさ》を、不思議そうに見つめた。

三

下川上村《しもかわかみ》の田野の街道が、ほどなく星川に架《か》かる桁橋《けたばし》に差しかかるあたりに、葉を落とした欅《けやき》の大木がそびえ、その欅の陰に隠れるように仏堂が建《た》っていた。長年、武蔵野の厳しい風雨にさらされてきた古い仏堂は、板屋根が傷み、破れ障子の格子戸は傾いて、隙間ができていた。

夕方が近づくにつれ北風がだんだんと強まり、人影しか見分けられぬほどの黄昏《たそがれ》どきになって、風にいたぶられた格子戸が力なく震えていた。

仏堂の屋根や仏堂にあがる二段の板階段や、仏堂の前の道に落ち葉が積もり、落ち葉は冷たい北風に吹きあげられ、小さな生き物のように、あちらへこちらへと逃げまどっていた。

格子戸の破れ障子の穴から、その仏堂の中にひそむ数人の人影が認められた。

人影は五人で、仏堂の床にも散っている落ち葉の上に、片膝立ちの胡坐《あぐら》をかいて板壁に凭《もた》れていた。みな刀を肩に抱えこんで腕を組み、夕暮れの迫る田野の寒気に耐えていた。

鬱々《うつうつ》とした沈黙の中、戸や壁の隙間より吹きこむ風が仏堂の床の落ち葉を、さら、さら、と鳴らし、とき折り、ため息やあくびがまじった。

暗く狭い仏堂に、火はなかった。

「冷えてきた。まだかな」

影のひとりが吐息をもらしつつ、肩をほぐした。

「東妻沼を出たのは八ツ（午後二時頃）を四半刻ほどすぎたころだったろう。もう六ツ（午後六時頃）が近いはずだ。ずいぶんかかる。まさか、道を変えたんじゃないだろうな」

隣の影が言った。

「江戸の手の者の知らせでは、芦穂里景は心の臓を、去年、患《わずら》ったそうだ。年が明ければ五十六の老いぼれだ。ほかに供の痩《や》せ浪人と子供だから、歩みがのろいだけだ。われらの動きに、気づいているはずもないし」

「旦景に、五一六の年は明けぬがな」

「仕事は楽でも、この寒さの中で待つのはつらい。じじい、早くしろ」

「待つのも仕事のうちだが、早くこい、じじい」

二人は言い合い、低い笑い声をひそひそと交わした。

「間もなくだ。抜かるな」

阿部家軍事方師範役・穴山源流配下の猪狩俊平が、同じく軍事方の幡厚貞と徳崎弁次郎に、語気を荒くして言った。

徳崎の隣には、忍田町下町に山門をかまえる善徳寺《ぜんとくじ》住持・量慶《りようけい》。その隣が皿《さら》尾《お》口の矢場組《やばぐみ》屋敷の十人扶持・石立壇之助《いしだてだんのすけ》である。

量慶は僧でありながら抜刀術に優れ、善徳寺僧房《そうぼう》において武家を真似て剣道場を開き、下町の盛り場にたむろする博徒や若い衆らに、指南代をとって剣術の稽古をつけている。

石立は矢場組の組下だったが、少々酒乱の気があり、呑んだときの喧嘩が元で役を解かれ、今は十人扶持の無役になっていた。

量慶と石立は、善徳寺僧房の道場が終わったあと、毎夜のように開かれる賭場の胴とりと客である。互いの荒《すさ》んだ気性が合い、二人は呑み仲間であり、わずかな呑み代と儚《はかな》い享楽のために、危ない橋を平然と渡る荒くれでもあった。

「手伝え。金になる」

先月末、石立は軍事方の猪狩に誘われた。

量慶に話を持ちかけ、量慶が「面白そうだ」と話に乗り、二人は公儀鳥見役・

大葉桑次郎斬殺の企《くわだ》てに加わった。

　あれ以来、久しぶりに金になる仕事がきた。

　量慶は剃髪《ていはつ》に豆絞《まめしぼ》りの頬かむりをし、町民のような尻端折《しりはしょ》りの長着の下に黒の股引《ももひき》、黒足袋草鞋《わらじ》。石立も袴は着けず、着物を尻端折りにして、同じく下は股引に鼠《ねず》の足袋に草鞋がけの拵えである。

　量慶と石立は、幡と徳崎の戯れ言に笑いもせず、むっつりと黒鞘《くろざや》の大刀一本を抱えている。呑むとみだりに騒ぐ二人だが、人を斬るときは、気の昂《たか》ぶりに身をゆだねて話す気にもならない。

　今月初め、今井村で鳥見役の大葉桑次郎と仕手方の六助を襲った折り、六助の背中へ、抜き放ち様に袈裟懸《けさがけ》を浴びせたのは量慶である。

　石立は、転倒する大葉桑次郎の脾腹《ひばら》を、ひと薙《な》ぎにえぐった。

　二人に止《とど》めを刺したのは、穴山である。

　猪狩らに従ってここへくるまで、老いぼれはどちらが斬る、侭はどちらが、餓鬼《がき》はあの三人に任《まか》せておけ、などと石立と量慶は戯れに相談していた。

　そこへ、落ち葉を鳴らす数個の足音が聞こえた。

　戸の外に人影が立ち、格子戸が軋《きし》んだ。

「猪狩さま」

「きたか」

猪狩が、尻の落ち葉を払いながら暗がりに立ちあがった。

「もう、須臾《しゆゆ》の間ほどでここを通りかかります」

東妻沼村の番太の捨蔵が、野太い声をかえした。

「よし、いくぞ」

猪狩に続いて、幡、徳崎が刀を腰に帯びつつ、仏堂を出た。

量慶と石立は、三人をすぐには追わなかった。量慶は、足袋紐《ひも》を足首に結《ゆ》わえ直し、草鞋の縄を確かめ、頬かむりを顎《あご》にしっかり締めた。石立も量慶にならい、菅笠を目深《まぶか》にかぶり、量慶のあとから仏堂を出た。

仏堂の外は、空にわずかな明るみを残しているものの、ひとりひとりの顔はもう見分けられなかった。

風が強さを増し、道の落ち葉が舞っていた。

冷えこみも、一段と厳しくなった。

番太の捨蔵は三人の手下を従えていて、手下らは欅の陰で、暗い道の彼方を見張っていた。

「老いぼれと餓鬼が前で、供の男が後ろに従っております。餓鬼は提灯《ちょうちん》をさげて、老いぼれの脇に、つっかえ棒みてえにぴったりとついていやがる。老いぼれは刀を差しておりますが、ありゃあ、使い物になりそうにねえ。恰好だけだ」

薄笑いを浮かべた捨蔵が、猪狩に言った。

「供の男は使えそうか」

「使えるとは思えませんね。ひょろっとした貧乏侍に見えます」

「よし。手配りをする」

猪狩は石立と量慶へ顔を向けた。

「石立と量慶は、道端に身をひそめて三人をやりすごし、背後をとって供の男を倒せ。捨蔵は手下らと石立らにつけ。われらは星川の桁橋で待ちかまえ、逃げてきた里景と子供を始末する」

ひそめた声が、「おお」「承知」などとこたえた。

「人が通りかかったら、どうする」

石立が訊いた。

「見られては拙《まず》い。かまわぬ。始末しろ」

「ふん、よかろう。通りがかりは残らず斬り捨ててやる」

石立と量慶の含み笑いがもれた。

「猪狩、子供は誰が斬る。子供を斬るのは、気が進まん」

「おれもだ。子供は猪狩に任せる。老いぼれはおれたちがやる」

幡と徳崎が言った。

「今さら、手ぬるいことを言うな。老いぼれだろうと子供だろうと、生かしておいてはわれらの命とりになるかもしれんのだぞ。それより、亡骸を見つからぬように始末することのほうが手間なのだ。今度は、亡骸を絶対見つからぬように始末しなければならん。そっちの心配をしろ」

「ああ、そ、そうだな。今度は抜かりなくやらねばな」

「いくぞ。散れ」

猪狩に続いて、幡と徳崎が星川の橋のほうへ消え、石立と量慶が道沿いの仏堂の裏手に身をひそめた。

捨蔵と三人の手下は、反対側の野の藪《やぶ》の中にかがんだ。

田野の往還に人影は途絶《とだ》え、静寂《せいじやく》と厳しい寒気が覆った。

息苦しく長い沈黙が続き、堪えきれずにふっと息を吐いたとき、暗い道の彼方におぼろな丸い明かりが浮かびあがった。

明かりは、暗闇《くらやみ》の中を動かず、ただ浮かんでいるかのように見えた。

だが、ときがたつうち、饅頭笠をかぶって杖《つえ》をついた男と傍らを歩む菅笠の子供、その後ろに従うこれも菅笠の侍らしき風体が見きわめられたことにより、明かりは、少しずつゆっくり近づいているのがわかった。

道の前方に、大きな欅の木と仏堂が黒い影になって見えていた。

里景の歩みは遅く、この分では忍田に着くのはかなり夜更けになる。

ただそれよりも、このまま忍田まで里景が歩き続けられるのかと、市兵衛にはそれが気がかりだった。

寒さもひしひしと増していた。

里景と正助は、一昨日の夜、北鴻巣の追分《おいわけ》から佐間村の三軒屋まで歩き続けたときのように、疲れに押し潰《つぶ》されそうになりながらも堪えていた。

里景は、急ぎます、と言った。

しかし、途中の百姓家でしばしの休息の場を借りたほうがよかろうと、市兵衛は考えていた。

欅の大木と仏堂の影が、近づいていた。道の反対側は、正助のかざす小提灯の火の届かぬ黒い野が広がっていた。昼間は晴れていたのに、夜になってから星は見えなかった。

三人は、欅の大木と傍らの仏堂を右手に見ながら、通りすぎた。

「市兵衛さん、もうすぐ星川です。星川を越えると、忍田までわずかですから」

正助が市兵衛へふりかえった。しかし、

「ふむ……」

としか、市兵衛はこたえなかった。

里景の背後へ寄り添い、声をひそめた。

「後ろに人がいます。何があっても、わたしのそばから離れぬように……」

里景の饅頭笠がゆれ、「え？」と声がもれた。

「とまらずに歩き続けてください。正助さん、旦那さまのそばについていろ」

だが二人は歩みを止め、市兵衛を唖然《あぜん》として見つめた。

通りすぎた仏堂の裏手より二つの影が現われ、反対側の小藪より四つの影が立ちあがっていた。それらの影が道でひとつになって、市兵衛の背後へ迫ってくるのが知れた。

影が踏む落ち葉が、乾いた音をたてた。

吐息が寒気の中で激しく乱れている。

いきなりくるのか。

もはや、猶予《ゆうよ》はならなかった。

市兵衛は身をひるがえし、迫る六つの影に対し半身になった。

頰かむりに尻端折りの男と、菅笠に尻端折りの男が、腰の一本差しを抜刀の体勢で、市兵衛目がけて真っすぐに突き進んでくる。

賊の足下で、落ち葉が蹴散《けち》らされた。

「何者か」

市兵衛は一喝したが、ひと言もなく、雄叫《おたけ》びも発しなかった。

頰かむりが先に肉薄し、しなやかに身を沈めた。

一転、抜き放ち様に市兵衛の頭上へ躍動した。

量慶は犬のように吠えかかった。

閃光が走り、風がうなりをあげて斬り裂いた。

市兵衛は鯉口《こいぐち》をきり、量慶の抜刀より遅れて抜き放つと、刃が菅笠に触れる寸前、一刀を打ちあげた。

鋼《はがね》と鋼が激しく鳴り響き、量慶はその衝撃に堪えきれず、身体が浮きあがって後方へ突き退けられた。

堪えきれず、量慶は落ち葉を舞いあげ尻から転倒した。

同時に、市兵衛は石立の袈裟懸を正面で受けとめていた。

すかさず、刀を咬《か》み合わせたまま下段へ巻き落とし、大きな半円を描いて巻きあげた。

一刀は石立の手から離れ、放り投げられたように夜空へ飛んだ。

素早く上段よりかえした切先が、石立の菅笠の縁《ふち》を裂いた。

石立は顔をそむけ、ためらいもなく後方へ身を躍らせ、落ち葉にまみれて二転三転と転《ころ》がり逃れていく。

「今です、旦那さま」

と言ったのは、後ろの正助だった。

正助が里景の手を引っ張り、市兵衛を残して星川のほうへ走り始めた。

市兵衛は、正助と里景の行動に意表をつかれた。拙《まず》い、と思った。

市兵衛は、背後へ身がまえた。

身がまえつつ、よろけつつ息を喘《あえ》がせながら走る里景を追った。

背後からの追撃を防ぎ、里景と正助に従うしかなかった。

男らが足音を乱し、執拗に追いすがってくる。

正助のかざす小提灯がゆれ、道の前方に星川に架かる手すりのない桁橋が見えた。橋が架かる川向こうは、暗闇に閉ざされている。

その桁橋に三つの人影が見えた。

橋に差しかかる正助と里景を、すでに抜刀して待ちかまえている。

「正助さん、待て。里景さま、橋に人がいます」

市兵衛は、正助と里景に叫んだ。

正助と里景は人影に気づき、立ち止まった。

「旦那さまっ」

里景の後ろに正助が隠れた。

引廻し合羽をひるがえし、里景は刀を抜いた。苦しげに上体をゆらしつつも、橋の人影に向かって正眼にかまえた。

「わたしは芦穂里景。一介の俳人だ。人違いすな。わが懐が狙いなら金はやる。持っていけ。乱暴狼藉はやめよ」

里景が懸命にたしなめた。

しかし、人影は桁橋をとどろかして突き進んできた。

そのとき、市兵衛の背中に量慶が再び斬りかかった。

市兵衛はふりかえり様に身体を折り、一撃を空に泳がせ、逆に量慶の顔面を鋭く斬りあげた。

切先が顎から頬を舐《な》め、豆絞りが鳥の羽ばたきのように飛んだ。

剃髪の相貌があらわになり、頬にひと筋の疵が浮きあがった。

量慶は険しく顔を歪めたが、束の間、怯《ひる》みを見せて動きを止めた。そこへ、

「市兵衛さん、市兵衛さん」

と、正助の声が甲走《かんばし》った。

即座に市兵衛は身を転じた。

桁橋の袂《たもと》では、里景と里景の後ろに隠れる正助に三人が襲いかかった。

里景は、かろうじて最初の一撃を払った。しかし、足がもつれた。片膝をつき、次はもう躱《かわ》せなかった。

市兵衛は遮二無二突進し、猪狩俊平へ肩から体あたりを喰らわせて道端へ突き飛ばした。

続いて徳崎弁次郎の刀を薙ぎ払い、徳崎が堪らずたたらを踏んで桁橋へよろけていくのを捨てて、三人目の幡へ向かっていた。片手一本で刀をふり廻して幡を

威嚇《いかく》し、一方で里景の腕をとって立ちあがらせた。そして、

「正助さん、里景さまを支えろ」

と里景と正助を桁橋のほうへ押し出した。

ところが、橋には徳崎が体勢をなおし待ちかまえている。

徳崎が橋の中ほどで身がまえた。

里景は懸命に、再び正眼にかまえた。

里景の喘ぎ声が、いっそう乱れていた。

それでも、市兵衛には、幅一間《けん》半（約二・七メートル）ほどの橋をふさぎ、猪狩や幡、量慶、石立、そのほかの男らの追撃を防ぐしか、打つ手がなかった。

橋の上なら、二人同時に攻めかかることはできなかった。

橋の下には、死の淵を思わせる黒い川面が横たわっている。

正助がかざす提灯は不利だったが、提灯を捨てさせなかったのは、暗闇の中の乱戦で里景を見失うことを恐れたからだ。

菅笠の石立が、橋板を鳴らして市兵衛に肉薄し、奇声を発し、斜め上段よりの袈裟懸を浴びせかけた。

市兵衛は瞬時もためらわなかった。身体を刃に添わすように傾け、石立の脇胴

を素早く斬り抜ける。

と、石立はひと声「わあっ」と叫び、市兵衛の鋭い抜き胴をまぬがれるため、桁橋より黒い川面へ自ら身を躍らせた。水飛沫《しぶき》があがり、

「壇之助っ」

と、量慶の絶叫が川面に響きわたった。

そのとき、徳崎が奇声をあげ、里景へ打ちかかった。

里景はそれを払ったが、動きは鈍かった。それを払い損ねて腕を打たれ、ひと声うめいて、刀を杖に両膝を橋板へ力なく落とした。

徳崎が上段にとった。

正助が徳崎へ提灯を投げ捨て、里景に抱きついて悲鳴をあげた。

提灯を投げられ、徳崎の動きが一瞬遅れた。

咄嗟《とっさ》に身をひるがえした市兵衛は、うずくまった里景と正助の背後から、上段へとって空いた徳崎の胸へ、切先を突き入れた。

正助の捨てた提灯が燃えあがり、しばしの間、橋の上を明るく照らした。

徳崎は、上段にかまえたまま目を瞠り、唖然とした顔を市兵衛に投げた。

刀を引き抜くと、燃える提灯に照らされた赤黒い血が、疵口から盛りあがるよ

うに噴きこぼれ出た。

「あ痛たた……」

徳崎はけたたましく喚《わめ》き、身体をかがめた。片膝をついてゆっくりと横転し、桁橋の縁から川面へ転落していった。

「徳崎、徳崎」

猪狩が叫んだ。

幡は思わぬ成りゆきに呆然としていた。

一方、量慶は川縁へおり、川の中で凍《こご》える石立を助けあげていた。

橋の上で市兵衛に対しているのは、番太の捨蔵と手下の三人だった。

里景と正助を背に、市兵衛は捨蔵へ八相《はっそう》に身がまえた。提灯が燃える火は、次第に小さくなっていた。

しかし、捨蔵は市兵衛を睨《にら》み、動かなかった。手下にも何も命じなかった。ただ周りを見廻し、ふん、と不敵に顔を歪めただけだった。

市兵衛は八相から、捨蔵へ片手正眼にかまえを変えた。そして、

「里景さま、いきますぞ」

と、跪《ひざまず》いた里景を片腕で助け起こし、後退《あとじさ》るように橋を渡っていった。

そのとき、提灯が燃えつき、桁橋の上は暗闇に包まれ、凍《い》てつく夜風が吹きわたった。

四

途中の百姓家に助けを求め、馬を借りることができた。

疵ついた里景と正助を馬の背に乗せ、百姓が馬を牽《ひ》いて忍田城下中町の岡本屋に帰り着いたのは、真夜中の子《ね》（深夜零《れい》時頃）の刻だった。

忍田町にただひとりいる蘭医が呼ばれ、里景の腕の疵を縫合した。

受けた疵は深かった。

「疵口がふさがるかふさがらぬかが、助かるか助からぬかの分かれ目でしょう。安静にしておれば、たぶん大丈夫だとは思いますがな。ただし、疵は癒えても、こちらの腕は元どおりには動かせぬと思われます」

お気の毒ですが、と医者は淡々と言った。

また明日診《み》にきますので、と言い残して夜風の吹く町を戻っていった。

刻限は四更《しこう》（午前二、三時頃）をすでにすぎ、正助は寝所に退《さが》っている。

一灯の行灯《あんどん》が灯され、陶の火鉢《ひばち》に炭が熾《おこ》り、鉄瓶が湯気をあげていた。

里景の枕元で、市兵衛は岡本屋の仁左衛門に経緯を話した。

「ひとりの名は壇之助、と呼ばれておりました。呼んでいた男は、町民の風体ながら、剃髪で僧侶のような男です。抜刀術を心得た、相当の腕でした。もうひとりは、徳崎という名です。しかしこの男は、わたしが手疵を負わせ、橋から転落しました。助かったかどうか……」

市兵衛の話を聞くと、岡本屋の仁左衛門は低くくぐもった声で、「むずかしい事態になってきました」と、苦渋に顔を曇らせた。

「穴山源流という軍事方師範役の配下に、徳崎弁次郎という組下の侍がおります。ほかに猪狩俊平、幡厚貞、の名も聞いた覚えがあります。もしその徳崎なら、軍事方がなぜ宗匠を襲撃したのでしょうか」

仁左衛門は唇を結んで、束の間、考えた。

「唐木さま、わたくしの口から詳《くわ》しくお話しできませんが、確かに、宗匠を俳諧《はいかい》の発句合の判者にお招きしたと申しますのは、名目でございます。宗匠は、偽りの罪で入牢させられた胡風先生をお助けするために、江戸より見えられました。わたしども胡風先生の門弟が、胡風先生救出のために強硬な手だてに出るのではないかという噂が、ご城下のみならず、ご領内に流れていることも存じております。実際、強硬な手だてを主張なさる方もおられますし、穏健な案を出される方もおられます。どちらにも一長一短があります。どちらにせよ、このまま見守っていては、胡風先生のお命が危ういのです。それだけは、わたしども門弟は、身を挺してでも阻止しなければなりません」

市兵衛は、胡風庵の八枝の静かな様子を思い浮かべた。

「胡風先生の教えが、お上の政《まつりごと》に都合の悪い事柄を厳しく問うているところは、多々ございます。それによって、胡風先生がお上の政に異を唱える不届き者と睨まれ、わたしども門弟にも町奉行所の手先の目が光っておりますし、郷方《ごうかた》の手代なども東妻沼村の胡風庵の監視を怠らないそうでございます。ですが、胡風先生もわたしども門弟も、お上の政のおかしいと思うところを質し、間違いであればそれを改めるべきであると申しておりますばかりで、決して不届きな考えを唱えておるのではございません。お上が勝手に、不届きなる一派と決めつけているのでございます。だとしましても……」

仁左衛門は、深いため息をつき、続けた。

「宗匠は、胡風先生の幼馴染みでございますし、元は阿部家の家臣ではございますが、今は阿部家を出られ江戸の高名な俳人でございます。そのような方を、軍事方が夜陰にまぎれて襲撃するなど、一体どういうわけでございましょう。宗匠のふる舞いを不届きとお上が断じたならば、奉行所の捕り方が出役いたせば済むことでございます。なのに、なぜ奉行所ではなく、軍事方の無法な闇討ちなのでございましょうか。しかも壇之助とやらの無頼な輩《やから》を引き連れ、それでは追剝《おいは》ぎ野盗の類と変わりません。壇之助は、おそらく石立壇之助。もうひとりは、下町の善徳寺の量慶と思われます。この二人は、僧と侍ながら無頼仲間なのです。宗匠のふる舞いが不届きならば、まずは、われら門弟に対して厳しい締めつけがあってしかるべきではございませんでしょうか。でなければ、筋が通りません」

「たぶん、締めつけは間もなく始まるものと思われます」

市兵衛は言った。

仁左衛門は、予期している覚悟と小さな驚きを仕舞《しま》ったような、冷静な顔つきを市兵衛との間の宙に投げた。

「ご家中の中枢《ちゅうすう》には、おそらく、里景さまの帰郷には、笠木胡風先生の無実の罪をはらすためだけではない、それ以上のわけのあることを知っている、あるいは恐れている方々が、おられるのではないでしょうか。その方々は、そのわけに気づいており、だから里景さまを葬《ほうむ》ろうと謀《はか》った。もしかすると、そのわけは胡風先生が罪に問われている御公儀御鳥見役斬殺となんらかのかかわりがあって、胡風先生はそのわけのために罪を押しつけられたのではないでしょうか」

「昨夜《ゆうべ》の宗匠が襲われたのも、そのわけのためと？」

「阿部家のご執政は、どなたがにぎっておられるのですか」

「ご家老の萱山軍右衛門さまとご用人役の中曾木幹蔵さまが、長い間、領内の政を執《と》られております」

昨日の昼間、東妻沼村の名主の杉右衛門は、継立場のある東妻沼に六斎市をたてる許しを家老より得たと言っていた。家老と用人は六斎市を見廻りにきた折りに、杉右衛門の屋敷に寄ったとも。

「御鳥見役と胡風先生の間に、どのようなことがあったのですか」

「わたくしが聞いておりますのは、御鳥見役はお上の政に異を唱え、ひいては徳川さまの世を批判する胡風先生並びに門弟ら、胡風庵の動きを探るため、東妻沼村に隠密に逗留していた。それに気づいた胡風先生が、門弟らを率い御鳥見役を襲ったと、まるで言いがかりのような罪を言いたてております。まことに、馬鹿ばかしいこじつけです。お話になりません」

「御鳥見役が、徳川さまの世を批判する胡風先生を？　そのような探索であれば、御鳥見役では済まないと思うのですが」

市兵衛は言い、
公儀御鳥見役と六斎市か……

と呟《つぶや》いた。そのとき、

「唐木さん」

と、寝息をたてていた里景が、ぽつり、と言った。

「あ、宗匠、お休みの邪魔をしてしまいましたか」

仁左衛門が、里景をのぞきこんで言った。

「疲れてうとうととするのですが、疵が痛んで目が覚めるのです」

里景は仁左衛門から市兵衛へ、疲れた赤い目を向けた。

「馬に乗せられ、ここに戻るまで、自分の不甲斐《ふがい》なさに呆れつつも、どうしたものかと考えておりました。これでも昔は、馬廻役の侍でした。それが今では、自分の身を護るための刀さえ、満足ににぎれません」

里景は、衰弱した笑みを無理やり浮かべた。

「唐木さんに、お話しいたそうか、迷っておりました。と言っても、唐木さんはもう殆《ほとん》どすべてをお気づきなのは、わかっております。わたしが語らずとも、すでに何もかも読みとっておられる。聡いお方だ。そのうえ、優れた剣の腕前をお持ちなのですね。昨夜の唐木さんのお働きがなければ、わたしの命は終わっておりました。ここにこうして横たわっているのが、夢のようです」

「里景さまをご無事で、というお滝の方さまのお言葉を守れませんでした」

「いえいえ、それ以上の働きをしていただきました。宰領屋の矢藤太さんが、本物の侍です、と自慢なさっていたとおりです。宰領屋さんに頼んでよかった」

里景は暗い天井を呆然と見あげた。

夜風が静寂を破って縁側の板戸を叩き、里景のゆるやかな吐息が、聞こえている。

「唐木さんは、わけがある、わたしが忍田に帰郷した、それ以上のわけがあると仰いましたね。わけはあります。わたしが忍田に帰郷したそれ以上のわけを、お話しいたします。仁左衛門さんも、どうぞお聞きください」

「宗匠、何かお飲みになりますか。茶を、淹《い》れましょうか」

「こうして、休んでいられるだけで充分です。とても気持ちがいい。仁左衛門さん、よろしければ茶を淹れて、市兵衛さんと茶でも飲みながら、お聞きになってください。それ以上のわけと申しましても、この人の世の事柄です。さほど深いわけではございません」

　と、かすかな笑い声をたてた。

「唐木さん、昨日、東妻沼村の杉右衛門さんに添状をお見せいたしましたね。今は、荷の中に入っております。お読みになりたければ、あとでお読みになられてもかまいませんよ。あれはどなたよりいただいた添状か、おわかりですか」

「阿部家の奥方さまの添状と、推察いたしております」

「さすがは。仰るとおり、奥方さまより、困ったときに役だつならと、いただきました。奥方さまは、笠木胡風が御公儀御鳥見役を殺害した廉《かど》で捕縛され入牢したと、林清明さまより知らせを受けられ、胡風の身をとても案じておられます。胡風がそのような人の道をはずしたふる舞いをする者ではないことを、奥方さまはよくご存じなのです。奥方さまは、御歳十六歳の秋、京のお公家《くげ》の大倉家より当代ご領主に就かれる前の阿部豊前守武喬さまにお輿入《こしい》れなされ、お輿入れ当初は、忍田城にてお心細くおすごしでございました。その折り、儒者師範役であった胡風が奥方さまに様々な教えを説かれ、ご相談などを聞かれ……」

　里景は、胡風が儒者師範役を退き、東妻沼村に胡風庵を結んで農民の中で暮らし始めたのちも、奥方は胡風を師として敬い、胡風の教えを継いでいる今の儒者師範役の林清明や、家中の奥方に近い方々を通して、胡風の身を気にかけてこられた、と語った。

「ただ、奥方さまは、御鳥見役殺害の罪を胡風が着せられた表だってではない事情を、じつは憂慮なさっておられるのです」

と申しますのも、と里景は続けた。

昨日、東妻沼村の名主・杉右衛門が語った、農民の余業を盛んにし、継立場に六斎市などをたて、米作りだけではなく、江戸との交易、あるいは他国との交易に力を入れる新しい政を、忍田領国において推し進めてきたのは、家老の萱山軍右衛門と用人の中曾木幹蔵であった。

萱山と中曾木は、熊谷と新田郡を結ぶ脇往還の継立場の妻沼村が、近在の農間余業が盛んになって、六斎市をたて、領内では忍田城下と熊谷宿に次ぐ繁華な在郷町になっていた例にならい、忍田弥藤五の脇往還の継立場である東妻沼村に目をつけた。

近在の農民の余業を推奨し、領内の様々な在郷商人を東妻沼村に誘致し、在郷商人や村名主らに働きかけて仲間を組ませて六斎市をたて、また飯盛をおいた旅籠や女に接客させる茶屋や料亭の開業を許し、賭場が開かれるのにも目をつぶって、他国から多くの人を呼びこみ、活気のある在郷町にすることを目《もく》ろんだ。

実際、それによって村は宿場のように賑わい、盛り場ができ、人が増え、物の売り買いに活気づき、妻沼村に次ぐ在郷町に東妻沼村も育ちつつあった。

その賑わいぶりは、昨日、市兵衛も東妻沼村の辻に立ち、目のあたりにした光景である。

「領内での交易が盛んになることで、阿部家の台所勘定が潤い、農民も余業で稼ぎを得られるのですから、ご家中の主だった方々はその政に反対なさってはおられません。むしろ、阿部家に納められます運上《うんじよう》金《きん》や冥加金《みようがきん》が増え、ご家中の多くの方が、また東妻沼村の主だった方々が、萱山さまと中曾木さまの手腕を称えておられます。当代ご領主武喬さまも、寛政の御改革以来、農民の米作りを専らにする御改革を推し進めております御公儀の手前、表向きではありませんが、黙許なさっておられると、うかがっております」

仁左衛門が香りのよい煎茶を淹れ、市兵衛のそばに茶碗をおいた。青色の澄んだ茶より、淡い湯気が行灯の薄明かりの中をたちのぼった。

市兵衛は茶を含んだ。

「ではございますが、お二方の推し進めておられます政がよいことばかりとは、言えないのでございます。まことに、この世にけがれた物などありません。人がけがさぬ限りは、でございますが」

　仁左衛門が茶碗を持った恰好で、まことに、というふうに頷いた。

「ご家老の萱山さまとご用人の中曾木さまが、六斎市の仲間にお上の便宜を図る見かえりに、法外な賂《まいない》を懐《ふところ》にしておられる噂は、前から聞こえておりました。ご家中では、萱山さまと中曾木さまに表だって物を言える者はおらず、どなたも見て見ぬふりをいたしておられました。畏《おそ》れ多いことではございますが、江戸のお殿さまもそうでございます。ところが、賂の件だけではなく、萱山さまと中曾木さまは、お上の勘定所に納められるべき運上金や冥加金の高を、ご自分たちの裁量で勝手に決め、そこから出た余剰金を気心を通じた在郷商人らに運用させ、金の貸しつけや江戸の為替相場、米相場につぎこみ、じつは大きな損失を出しているらしいという実情が知れてきたのです」

「それは、わたくしども胡風先生の門弟の間でも、評判になっておりました。胡風先生が、ご領内の商人仲間の運上金と冥加金の出入を、明らかにするべきであると、お上に上申なされたのが始まりでございました」

仁左衛門が口を挟《はさ》んだ。

里景は、自分の言葉を確かめるかのように短く沈黙した。

「一年半前、胡風とお八枝さんの祝言の披露に胡風庵を訪ねた折り、胡風から不審であると聞いておりました。胡風は、萱山さまが利根川沿いの風光明媚《ふうこうめいび》な土地にお城のような別邸を独断で建てられ、家中の供侍やお女中方をご領主の行列のように多数従え、ご自分のみならず、奥方さま、お子さま方の黒塗りのお乗物を連《つら》ねて別邸へしばしばお出かけになるいき帰りに、東妻沼村をお通りになるのを見かけるうち、領国を預かるご家老の身で、この羽ぶりはどういうことか、おかしいのでは、と訝しく思ったと言っておりました。それがきっかけになって、胡風は忍田城下の勘定方やその他のご家中の方々を訪ね、実情を探るうち、萱山さまと中曾木さまのお指図で、お行列の件ばかりか、高価な書画骨董をお家の勘定で買い集め、それをご自分らの物にして蓄財に励んでおられる疑いが、浮上いたしたのです。のみならず、運上金、冥加金の裏金の勝手な運用と損失の疑いも浮かびあがり、胡風は、これはもう、運上金と冥加金の出入を表沙汰にいたし、すべてを明らかにすべしと、上申いたしました」

「上申は、いかが相なりましたか」

「あり体に申せば、胡風の上申は捨ておかれました。上申を受けとるのは、当のご家老の萱山さまでありご用人の中曾木さまですから、表沙汰になさるはずがありません。また、忍田領国においても江戸上屋敷においても、萱山さまと中曾木さまの政にご家中の多数の方が賛同なされており、お二方のふる舞いの多少の乱脈は目をつぶってもよいと、みなさま、そうお考えです。殿さまでさえ、ご家中の趨勢《すうせい》に逆らえないのでございますから、胡風の上申がいかに正しくとも、どうにもなりません。それに……」

里景は、ふっ、とひと息吐いた。

「胡風は小さな田畑しかもたぬ農民が、不慮の災難などによって田畑を失い、水呑百姓に身を落とし、その境遇からたちなおれぬ仕組は間違っておると強く訴えておりました。胡風の訴えは、ご家中の主だった方々には煙たがられておりました。その訴えを、さきほど仁左衛門さんの仰られたように、ひいては徳川さまの世を胡風は批判しておるのではないか、とそしる方々もおられたようです。それゆえ、胡風の上申など、放っておけ、御公儀に睨まれる恐れがある、と捨ておかれたのです。胡風の慷慨《こうがい》が察せられます」

「里景さま、大丈夫でございますか。お疲れなのでは……」

仁左衛門が気遣い、里景は「大丈夫ですよ」と静かにこたえた。

「ですが、胡風は諦めず、門弟らに、運上金と冥加金の不明朗な実情を家中の朋《ほう》輩《ばい》らに説き、協力して明らかにするようにと、強く勧めておりました。胡風の持論は少数ながらご家中に伝わり、江戸屋敷の奥方さまのお耳にも入り、奥方さまは胡風の一徹さを案じておられたのです。おそらく、いえ、間違いなく、萱山さまと中曾木さまは、胡風をお家に害をなす不埒者、危険極まりない不逞《ふてい》の輩、厳しくとり締まらねばと、うかがっているであろう、気をつけるようにと、林清明さまなどに、以前から伝えてはおられたのです」

風が縁側の板戸を騒がせた。すきま風が、音もなく部屋の畳《たたみ》を這った。

仁左衛門は市兵衛の茶を、新しく淹れなおした。

「唐木さん、わたしを起こしていただけませんか。仁左衛門さん、申しわけありませんが、わたしも茶を所望いたします。茶が飲みたくなりました」

「はいはい、ただ今」

仁左衛門が新しい煎茶に替えた急須《きゅうす》に鉄瓶の湯をそそぎ、茶を淹れた。

その間に、市兵衛は痩せた里景の上体を腕の疵に気をつけながら起こし、肩に羽織を羽織らせた。里景は、仁左衛門が差し出した茶碗を片手でとり、茶のたてる湯気を二度吹いて、静かにすすった。

「ああ、おいしいですね。疵は痛みますが、うんと楽になりました。唐木さんにお話ししていなかったことをお話しして、胸のつかえが少しおりました」

と、茶碗を手にしたまま、続けた。

「奥方さまは、胡風が捕縛された裏には、胡風をなき者にいたし、胡風一派を潰す萱山さまと中曾木さまの企みが隠されているのではないかと、恐れておられます。それ以上のわけとは、萱山さまと中曾木さまがこのたびの御鳥見役斬殺の一件を悪用し、胡風に罪があるなしの詮議は表向きにすぎず、ともかく邪魔な胡風に罪を着せ、なき者にする企みなのではないか、ということなのです」

里景が茶碗を口元に運び、静かに飲んだ。

「それでは里景さま、阿部家の軍事方の侍が昨夜の賊の中にいたということは、昨夜の襲撃が、ご家老さまとご用人さまの差金と、お考えなのでございますか。ご家老さまとご用人さまは、奥方さまのご意向を受けておられる里景さまを、邪魔に思い……」

仁左衛門が、はっ、と驚いた顔つきを見せた。

「わかりません。確かな証拠は何もありませんので」

「しかし、そうであれば、里景さまは、そもそも事の発端の、御公儀御鳥見役を襲ったのは、誰とお考えなのでございますか」

「それを明かさねば、奥方さまのご意向を受けて忍田に帰郷したわが使命が、無益になってしまうのです。もともと、わたしがこの使命に力不足なのはわかっておりました。力不足のわたしには、似合いのこの様です。唐木さん、わたしの指図にしたがっていただけるのでしたね」

「もとよりでございます」

「では、わたしの代わりに御公儀御鳥見役斬殺に手をくだした者をつきとめ、胡風の無実を証《あか》してほしいのです。唐木さんに、お頼みするしかないのです。唐木さんなら真実を明かしていただけます。唐木さんならきっと……」

市兵衛はこたえられなかった。里景と仁左衛門が、市兵衛を見つめていた。火鉢の鉄瓶が湯気をのぼらせ、縁側の板戸を風が叩いている。

間もなく、長い冬の夜が明け、空が白みそうだった。

五

内忍田の北谷口に近い用人・中曾木幹蔵の屋敷を、同じ日の子の刻、軍事方師範役の穴山源流と、配下の猪狩俊平、幡厚貞の三人が訪ねた。

夜風が板戸をゆるがす冷えきった部屋に、穴山と猪狩と幡は待たされた。

やがて、羽織を寝間着の上に羽織った中曾木が現われ、坐りもせずに穴山を見おろした。咳払いをひとつ、部屋に投げ捨て、

「またですか」

と、呆れたふうに言った。

「面目ござらん」

穴山は畳に手をつき、頭をあげずに、小声をかえした。

猪狩と幡は、穴山の後ろに控え、同じように手をついている。

「面目なしでは、済みませんぞ。どういうことですか。要するに、芦穂里景は今なお無事に、この忍田城下におるのですね」

「深手は負わせましたが、おそらく、中町の岡本屋仁左衛門の店に……」

「穴山さん。夜盗のふりをして、岡本屋に押しこみますか」

「いや、ご城下でそこまでは、いくらなんでも」

「あたり前ですよ。呑みこみの悪いお方だ。これしきの仕事を縮尻《しくじ》るとは、思いもしなかった」

「何ぶん、唐木市兵衛という供の者が、思いのほか腕がたち、また暗い夜道でもありましたゆえ、つい不覚をとり……」

「暗い夜道は相手も同じでしょう。不覚をとって、どうなったんですか」

「こちらも、配下の徳崎弁次郎が唐木に手疵を負わされました。幸い命はとりとめ、今はわが屋敷にて疵の手あてをほどこしております」

「なんたることだ」

　中曾木は、顔をしかめて呟いた。

「徳崎の身は、しばらく穴山さんが預かり、徳崎の家の者には、疵のことは伝えず、上手《うま》く言いつくろってください。それから、明日朝、亰妟沼村へいき、胡風の女房の八枝を、胡風に与《くみ》し鳥見役斬殺にかかわった廉で捕縛し、ご城下の牢屋敷へ引きたててきてください。八枝はわたしが詮議します」

「承知いたしました。芦穂里景は、いかがいたしますか」

「猪狩、幡、岡本屋にいる里景は、おぬしらが監視を続けよ。それと、供の唐木市兵衛にも目配りを怠るな。唐木がひとりで変わった動きをすれば、手分けして見張れ。その男、案外、油断がならぬ。里景の供のふりをして、誰ぞの隠密の役目を負った者かもしれん」

言い捨てた中曾木は穴山から目をそらし、考えこむように沈黙した。そして、

「胡風は明日中になんとしても白状させ、明後日には、江戸の殿さまに事の次第をご報告いたし、ご裁許を得る。遅くとも三日後には胡風を打ち首に処し、一件落着の運びとなる。胡風に白状さえさせれば、鳥見役の一件は片が付く。胡風らの門弟も、それを口実にご領内より一掃する。しかし、御公儀の手前、今後は政の進め方を少し変えねばならぬかもしれぬな。ご家老さまに報告し、そのこともご相談せねば。とも角、明日で終わらせる」

中曾木は、穴山ら三人のことは忘れたかのように、自問しながら羽織をひるがえし、冷えきった部屋から姿を消した。

第三章　三軒屋《さんげんや》

一

市兵衛は、急がねばならなかった。

笠木胡風の責め問《せめどい》は、今日も続けられるのに違いなかった。責め問に耐えかねて、鳥見役斬殺の罪を認めたなら、胡風は打ち首になる。

一件を一刻も早く終わらせたい者たちは、胡風の打ち首を急ぐだろう。

鳥見役を本当は誰が斬《き》ったのか、詮議は実事とかかわりなく進められる。

市兵衛には、鳥見役の一件を聞かされたときから、いささかの疑念が腹の片隅にわだかまっていた。

大葉桑次郎という公儀の鳥見役は、熊谷館林往還《おうかん》の今井村で、仕手方の従者・

六助とともに何者かに襲われる前の数日、東妻沼村の旅籠《はたご》に逗留《とうりゅう》していた。

公儀鳥見役は鷹匠《たかじょう》につき、鷹場に相応《ふさわ》しい場所を見て歩く者だが、元来は地理地形を探査する役割を持つことは知られている。

市兵衛が気になるのは、寛政の改革が行なわれて以来、鳥見役が関東八州において、農民らの余業を調査する役割の一端を負っていたことにあった。

文化二年になり、新たに関東取締役、すなわち関八州取締出役が設《もう》けられ、関東八州における農民らの余業の実情を調べ、米作りを専《もっぱ》らにする幕府の施策《せさく》を進める役割を担ってきた。

東妻沼村は、継立《つぎたて》場のある周辺に賑やかに町家が軒《のき》をつらねているものの、周りは、忍田領の豊かな田畑が開けているばかりである。鳥見役が東妻沼村に数日逗留し、鷹場に相応しい田野を見廻っていたり、近在の地理地形を調査していたとは、市兵衛には思えなかった。

ましてや、笠木胡風を徳川幕府の世を批判する不穏《ふおん》なる儒者として調べる役目に、鳥見役があたるとも考えられなかった。

公儀鳥見役は、北武蔵の脇往還の継立場にすぎない東妻沼村に、数日の間、どれほどの用があって逗留していたのか。

市兵衛の疑念は、それだった。

鳥見役の大葉桑次郎は、東妻沼村近在の農民らの、余業の実情を調べる役目のために逗留していたのではないか。鳥見役なら、そのような下積みの役目を負っていることは充分あり得たし、それならば、東妻沼村に逗留していたわけも頷《うなず》けなくはなかった。

東妻沼村の旅籠にいき、大葉桑次郎がどのように数日をすごしていたのか、探ってみなければならぬ。市兵衛は考えた。

夜明け前の刻限、忍田城下中町の岡本屋を出た。

里景が、「これを、使ってください」という引廻し合羽《がっぱ》を借り、仁左衛門ただひとりに見送られ、凍《こご》えるような北風が吹きすさぶまだ暗い大通りに出た。

谷郷口から弥藤五忍田の脇往還をとり、星宮をへて、昨夜、襲撃を受けた星川に架《か》かる桁橋《けたばし》を渡るころ、あたりはようやく白み始めた。

星川の流れにはさざ波がたち、天空には鬱々《うつうつ》とした厚い雲が覆《おお》っていた。

桁橋を渡って、仏堂の前を通りかかった。葉を落とした欅《けやき》の大木が、曇り空へ裸の枝を寒々とのばしていた。道の落ち葉は吹き払われ、乾いた土を巻きあげた風が前方に白く見えた。

白い風の中を烏《からす》が鳴き渡り、田野の彼方には数戸の茅葺《かやぶき》屋根が固まっていた。

東妻沼村には、旅籠の泊り客が出立《しゅったつ》する賑わいが一段落したころに着いた。

往来の表店《おもてだな》はどこも商売が始まっていて、軒暖簾《のきのれん》やたてた幟《のぼり》が吹きつける風に激しく震えていた。

旅籠の《久兵衛屋《きゅうべえ》》は、村の辻をすぎた茶屋の隣にあった。

荷を積んだ痩《や》せ馬が、馬子に牽《ひ》かれて旅籠から出立したところだった。

入り口の戸は開け放たれているが、奥へ通る土間の両側の部屋は、腰障子《こししょうじ》が風をよけて閉じられていた。

二階の出格子《でごうし》の障子戸も閉まっている。

土間の奥の部屋から、土間をまたいで二階へあがる板階段があった。土間に入ると、階段をおりてきた飯盛《めしもり》らしい長じゅばんの女と目が合った。

「おや、お侍さん、お客？　そんなわけねえか」

飯盛は寒そうに太った肩をすくめて、市兵衛へ怠《だる》そうに笑いかけた。

亭主の久兵衛は、階段をくぐった奥の、内所の箱火鉢《ひばち》を前にして、帳簿を改めていた。市兵衛は名乗り、

「わたしは、阿部家江戸屋敷に所縁《ゆかり》ある芦穂里景という方のご依頼を受け、この

月初めにご領内の今井村であった御公儀御鳥見役が斬られた一件について、内々に調べるようにと……」

と、それらしく伝えると、亭主は「芦穂里景？」と訝《いぶか》しげに質《ただ》しつつも、さして怪しみもせず、市兵衛を「まあ、おかけ」と、あがり端《はな》にかけさせた。亭主は市兵衛と向き合い、膝《ひざ》の上で寒そうに手をさすりながら、

「大葉桑次郎さまと六助さまは、お客さまでございました。そりゃあもう、ああいうことがあったのでございますから、よく覚えておりますよ」

と、むずかしい顔つきを見せた。

宿帳をとり出し、毛の生えたごつい指で帳面を繰《く》って確かめた。

「先月晦日《みそか》の夜になってから宿にあがられ、一日、二日、とご逗留なさり、三日の早朝、宿を発《た》たれました。途中でご用があるらしく、今宵《こよい》の宿は熊谷宿になると言っておられました。御公儀の御鳥見役とは、郷方《ごうかた》のお役人さまが訊《き》きとりに見えられるまで、存じあげませんでした。ただ、お住まいは江戸の駒込《こまごめ》とかいう土地の組屋敷と言うておられましたので、御公儀のお役人さまと聞いたわけではねえが、そうではねえかなと、推量しておりました」

大葉らが、一日二日とどのようにすごしていたかについては、こう言った。

「朝早くからお二人で出かけ、戻りは夕刻の暗くなってからでございます。どこへいかれ、何をなさっていたのかは存じません。うちの者が使いの途中、そこの継立問屋の店先で、問屋のご主人にものを訊《たず》ねているのを見かけたと、言っておりましたな。なんぞ荷があるのかな、と思ったぐらいで、気に留めておりませんでしたが。それから、うちによくくる馬子が、四方寺《しほうじ》村でお二方といき合《お》うたと言うておりました。何をしておられたかまでは、聞いておりません。ただ、四方寺の縄手《なわて》でいき合うたと、それだけしか」

四方寺村の誰かを訪ねていたのか、何かがあるのか、あるいは、近在の様子を探っていたとも考えられた。

逗留中に二人を訪ねてきた人物とか、ほんのちょっとした世間話などで出た人の名前や地名とか、「どんな些細な話でも」と市兵衛は訊いた。

亭主は腕組みをし、そうでございますな、と考える素ぶりを見せた。

「うちの飯盛に、わずかな酒の晩酌をしながら、東妻沼村は宿場のような賑わいだと、感心して言うておられたそうで。久兵衛屋が旅籠を始めてどれほどたつのかとか、うちで抱えている飯盛の数も訊いたそうでございます。それから、隣の茶屋やほかの旅籠の様子や、こっちはどこで遊べる、と賭場のことなどもあれこれ訊かれたので、うちの女は、少々いぶせしと思うたそうで。けど、お客になるかもしれねえと、詳《くわ》しく教えたと言うておりました。結局、お二方とも夜はどこへも出かけず、うちの女を相手にもせず、飯が済んだら大人しくお休みでございました。うちの女からそれを聞いたときは、ただの旅人じゃあなさそうだとは思いましたが、どういう客であれ、ここは忍田領でございます。忍田領のご家老さまのお許しをいただいておりますので、何も恐れることはございません。でございますから、それも、気に留めておりませんでした」

亭主は、ふむ、と鼻を鳴らした。

「とは言え、そのお二方の亡骸《なきがら》が、今井村で見つかったらしいと、宿を発たれてから二、三日がたって聞こえ、初めは、追剝《おいは》ぎ夜盗に襲われたという噂《うわさ》が流れており、なんとお気の毒なと思うておりました。郷方のお役人が、うちにも訊きとりに見えられ、その折りに、御公儀の御鳥見役らしい話があるが知っていたかと訊かれ、あのお客はそうだったのか、どうりで、と合点《かど》がいった次第です。ところが、先日、胡風庵の笠木胡風先生が、二人を襲った廉でお縄になり、忍田城下の牢屋《ろうや》へしょっ引いていかれたときは、まさか胡風先生がと吃驚《びっくり》いたしました。学問ができ、分別のある偉い先生と評判でしたのに、何があってそんな大それた罪を仕出かされたのか、そっちは、とんと合点がまいらないのでございます。しかし、お上のなさることでございますので、あやまちはありますめえ。どんなに学問があっても、ああなってはお仕舞《しま》いでございますな。残された若い女房が気の毒でなりません」

亭主は、胡風庵に残された八枝の身のうえが気がかりのようだった。

「朝早くから、お邪魔をいたしました。これから、継立場の問屋に寄り、そこから四方寺村へもいってみるつもりです」

市兵衛は腰をあげ、合羽の裾《すそ》を払って刀を帯《お》びた。

「四方寺村へは、どの道をとれば、よろしいのでしょう」

「四方寺村へは、そこの辻をいったん西城《さいじょう》村へ出て、最初の辻を南にとり……」

と、亭主は道順を説明してから、ふと、思い出したように言った。

「そうそう、村境をすぎ、四方寺へ入ってすぐに用水にぶつかります。その川端に番太の捨蔵の店がございます。捨蔵に言えば、村を案内してくれるはずです。今思い出しました。お二方にも捨蔵が案内役についていたと、村でいき合うた馬子が言うておりました。お二方が四方寺でどんな用を果たしていたかは、捨蔵に訊けばわかるかもしれません。捨蔵は、四方寺と西城、それとこの東妻沼の番太でございます」

番太の捨蔵か……

市兵衛は繰りかえした。

鳥見役が土地に詳しい番太に案内を頼むのは、あり得ることだった。どういう案内を頼んだかだ。

そのとき、外で騒ぎ声が聞こえた。往来を人が駆けていくのが見えた。

久兵衛屋から出ると、四半丁《ちょう》（約二七メートル）ほど先の辻に人だかりがしている。

「何ごとでございましょうかね」

後ろに、久兵衛屋の亭主が騒ぎを聞きつけて出ていた。

市兵衛は人だかりへ近づいていった。

人だかりの後ろから、辻を見やった。みなの顔が、辻の西のほうに向いて、低いささやき声があちこちで交わされていた。

「何があったんで？」

亭主が人だかりのひとりに声をかけた。

「胡風庵のお八枝が、とうとうお縄になったそうだ。胡風があんなことを仕出かしたんだから、女房にもお咎《とが》めがねえわけはねえと、思っていたよ」

人だかりの後ろから辻をのぞきながら、男が亭主にこたえた。

「やっぱり、そうかね。仕方がねえな。胡風みてえな男と夫婦になったのが、お八枝の不運だったたんだ。亭主を恨《うら》むしかねえな」

亭主は、胡風と呼び捨てにし、言葉つきを変えて男に言った。

「おお、きたきた」

人だかりが低くどよめき、三方へ散って辻が開かれた。

すると、菅笠《すげがさ》をかぶった打裂羽織《ぶっさきばおり》に野袴《のばかま》の郷方の役人風体《ふうてい》の三名を先頭に、二人の手先ふうが両側を固めた恰好《かっこう》で、八枝が後手に厳しく縛《いまし》められて続き、後ろにも二人の役人がついて、西城のほうから辻に現われた。

八枝は普段着ふうの小袖《こそで》一枚に、上に羽織《はお》る物もなく、素足に草履《ぞうり》をつけ、質素な束《たば》ね髪が吹きつける北風になびく姿が痛々しかった。

白い頬《ほお》とこめかみに、打擲《ちょうちゃく》を受けたらしい赤い筋が走っていた。

しかし、目を伏せているものの、八枝は気丈に耐えているふうに見えた。

手習をさせていたさ中だったのだろう。十数人の子供らが、列の後ろにぞろぞろとついていた。

列は辻を南へ折れていくのに従い、人だかりは往来の左右へ引いた。

市兵衛は、そのまま黙って見すごせなかった。人だかりをかき分け、列を追い抜いて、先頭の役人らの前に立ちはだかった。

「しばらく、お待ちを……」

市兵衛は声を張りあげた。

役人らは歩みを止め、啞然《あぜん》として市兵衛を見つめた。人だかりの間より、低いざわめきが起こった。

市兵衛とお八枝の目が合った。

「何者か。お上のお役目を邪魔だてするか。退《さが》れ、退れ」

ひとりが市兵衛に向かってきて、市兵衛の肩を激しく突き退《の》けた。

「退れと言うておるだろう。おまえもお縄になりたいか」

役人が喚《わめ》いた。

市兵衛は、それ以上、何もできなかった。ここで役人たちと争うわけにはいかなかった。

役人たちは突き退けた市兵衛を睨《にら》みつけ、傍を通りすぎていった。

うな垂《だ》れた八枝が、市兵衛の前を引きたてられていった。

「お八枝ちゃん」

子供らの中の童女の、甲走《かんばし》った声が辻に響いた。すると、ほかの子供らが次々にそれにならった。列の後ろについている役人が子供らへふりかえり、

「おまえらは家へ帰れ。くるでねえ」

と、手をふって子供らを追い払った。

子供らは立ち止まったが、役人が列に戻ると、また列のあとについて歩き始めた。人だかりからざわめきが消え、吹きつける風の音だけが聞こえた。

なんということだ。急がねば……

市兵衛は引廻し合羽をひるがえした。

二

忍田城下の牢屋は、曹洞宗《そうとう》平田山清善寺《ひらたさんせいぜんじ》の北側、新店の一画にある。石垣と土塀《どべい》に囲まれ、牢屋の瓦《かわら》屋根が土塀の上にのぞいていた。

午後も遅くなって、北風は風雨になった。

侍牢の板壁に雨が吹きつけ、粗朶《そだ》が燃えるような音をたてた。

太い縦格子に囲まれて二棟並んだ奥の牢には、笠木胡風ひとりしか入牢していなかった。そこは座敷牢になっていて、身分の高い武家用の牢であった。

火の気はないため、畳《たたみ》とは言え、牢内の冷えこみは尋常ではなかった。

板壁の所どころにとりつけられた明かりには、まだ日暮れではないためか、火が入れられていなかった。板壁の上のほうに造られた縦格子の小さな窓ごしに、灰色の曇り空がのぞいていた。

牢内は寂々《じゃくじゃく》として、風雨のざわめきと、張番所から鞘土間に流れてくる番人らが交わす声やかすかな物音が、うら寂《さび》しく儚《はかな》げに聞こえるばかりだった。

胡風は薄暗さの中に端座《たんざ》し、殆《ほと》ど身動きしなかった。

まるで牢内の薄暗さにまぎれてしまいそうな静寂《せいじゃく》を、胡風はひたすら守っていた。胡風は、朝からそうして端座していた。

捕縛《ほばく》を受けた日から数えて、今日で八日目である。入牢以来昨日まで、休みなく責め問が続けられた。責め問に耐え、その日がくるのを待つしかなかった。

その日とは、責め問に老体が耐えきれず命を落とすときである。

たとえ牢で命が果てようとも、身に覚えのない罪を認めて責め問を逃れる屈辱は、責め問の苦痛よりももっと耐えがたかった。

責め問は牢屋の一角に建てられた土蔵の中で行なわれる。責め道具がそろい、悲鳴や叫び声や泣き声は、土蔵の外にはいっさい聞こえない。

その朝、胡風を土蔵へ引きたてる番人は現われなかった。

昼が廻り、午後の遅いこの刻限になってもである。

どうした。今日はないのか。

胡風は思いつつ、風雨の音を聞いていた。

胡風庵にひとり残した妻の八枝を哀れに思った。おまえとのよき思い出で、わたしは充分満たされた。おまえは前を見て、強く生きてゆくのだ。

八枝には、そう言い残したかった。

髭《ひげ》がずいぶんとのびた。白髪もいつの間にか増えた。総髪を結《ゆ》わえて髷《まげ》を乗せた髪の乱れを、そっと、胡風はなでた。

そのとき、牢屋の番士と番人が張番所のほうから土間を鳴らして現われた。胡風の牢の錠前を鳴らし、

「笠木胡風、出よ。ご詮議だ」

と、番士が冷たく言い放った。番士は雫《しずく》の垂れる菅笠と紙合羽を着けていた。

胡風は静かに立ちあがった。

雪になりそうな冷たい雨だった。侍牢から土蔵まで、胡風の垢《あか》じみて汚れた小袖と袴は、たちまち冷たい雨に濡《ぬ》れそぼった。

土蔵の中は、四方の壁に蠟燭《ろうそく》が灯され、いつもの軍事方師範役の穴山源流と、もうひとり、用人の中曾木幹蔵の姿があった。

中曾木の裃《かみしも》姿が、石土間や土がむき出しの壁、高い天井にわたした黒い梁《はり》の荒々しい様子と不釣り合いだった。

袴の股《もも》立ちを高くとって、足袋《たび》だけの番士が二人佇《たたず》んでいた。

二人に挟《はさ》まれ、縄を受けた人影がうな垂れて石土間に着座していた。

「あっ」

思わず声が出た。胡風にはそれが誰か、すぐにわかった。

中曾木と目が合った。その目には、胡風への嘲笑が浮かんでいた。胡風は石土間の人影に目を戻し、

「お八枝……」

と、太い声を土蔵に虚《むな》しく響かせた。

番士が八枝の束ね髪の頭に手をおき、うな垂れた首をぞんざいに起こした。

八枝の赤く潤《うる》んだ目が、胡風を見あげた。八枝の白い頬とこめかみに、殴打の

赤い筋が走っていた。

「おぬし、お八枝に何をしたのだ」

中曾木を睨みつけた。

「大人しくせぬからこうなった。やむを得なかった。おまえたちはお上をないがしろにしすぎる。自業自得《じごうじとく》だ。少しは心を改めよ」

胡風は八枝を見つめ、苦渋に顔を歪めた。そして、

「お八枝、済まぬ」

と、うめくように詫《わ》びた。

「いいえ」

かすかな声がかえってきた。

「いけ」

番士が胡風の背中を突いた。

胡風は数間《けん》離れた石土間に、八枝と向き合い坐《すわ》らされた。

「中曾木、穴山、わが妻にはかかわりのないことだぞ。なぜこのような無体なふる舞いをする。これが侍のすることか」

胡風は、中曾木と穴山に言い放った。

中曾木は、裃の肩衣《かたぎぬ》をはずして袴の腰へ挟みながら、八枝の傍《かたわ》らへゆっくりと近づいた。

「亭主の罪は、女房の罪だ。おぬしひとりが、しらばくれておれば助かると思ったか。案外、血の巡りの悪い男だな。書物の中だけで、世間というものがわかったつもりでおったか。まあ、よい。首を打たれるまでにはまだ間がある。それまでに、世間を学べばよかろう」

中曾木は、甲高《かんだか》い笑い声を土蔵中に響かせた。

壁ぎわの責め道具の中から、笞《むち》をとり、しならせた。そしてひとふりして、笞を宙に鳴らした。

「待て、中曾木。何をする」

「この期におよんで、まだわからぬか。おぬしが白をきるから、亭主の代わりに女房の詮議をする。女房なら、亭主の仕出かした罪を知っているだろう。それを白状すればいいのだ。八枝、どうだ、吐く気になったか」

番士が八枝の束ね髪をつかみ、前へ突き出すように押さえつけた。

ふりあげられた笞がしなり、八枝の背中へふり落とされた。土蔵の冷気を引き裂くように、笞が八枝の背中に鋭く鳴った。

「どうだ、亭主の罪を思い出したか」

再び笞がふり落とされ、二打、三打、と続いた。

しかし、八枝は沈黙を守り、苦痛の声をあげなかった。

「ふむ。これしきでは、声もあげぬか。さすがは、愚鈍な亭主に似合いの愚鈍な女房だな。だが、責め問はこれからだ。どこまで耐えられるか」

中曾木は笞をさらにふるった。

「よせっ。穴山、やめさせろ。軍事方師範役のおぬしが、このような無道を許すのか。侍ならばとめよ。穴山……」

胡風は、中曾木の傍らで見守っている穴山源流に言った。

穴山は怒りを露《あら》わにし、胡風の前へ進み寄り、「ほざくな」と拳《こぶし》を見舞った。

胡風は顔をそむけ、即座に穴山を見かえした唇からひと筋の血が伝った。

「それでいい。責めるならわたしを責めろ」

再び、穴山の拳が胡風の顔面を打った。胡風は仰のけに倒れた。仰のけになった胡風の腹と顔面を、続けて蹴《け》った。

「穴山さん、そのような愚鈍な者を幾《いく》ら責めても無駄ですよ。痛みを感じぬのですから、そういう輩《やから》は始末に負えぬのです。代わりに、女房の身体に訊くしかありません」

　中曾木の笞が、八枝の背に続け様に浴びせられた。

　笞が激しく鳴るにしたがって、八枝の呼吸が高くなった。やがて吐息にわずかに悲鳴がまじり始めた。そのわずかな悲鳴を聞きつけ、中曾木は甲走った笑い声を走らせた。

　八枝は懸命《けんめい》に耐えていた。だが、打たれるたびに声はもれた。

「よし。女房を諸肌脱ぎにせよ。次は直《じか》に打つ。胡風、女房がおぬしの代わりに手厳しい詮議を受けるのを、そこでゆっくり見ておれ」

　番士が、八枝の両側からぐったりした上体を起こした。

　八枝のうつろな目が、力なく土蔵の中にゆれた。

　胡風は、石土間に身をよじらせて叫んだ。

「わかった。やめろ。認める。白状する。わたしがやった」

　穴山と番士らが、いっせいに中曾木を見た。

　中曾木はふりあげた笞を止め、胡風を見やり、鼻で嘲笑《あざわら》った。指先で、冷えきった土蔵の中でも薄《うっす》らとにじんだ額《ひたい》の汗をぬぐった。

「口ほどにもない。初めからこうしておけば、よかったのか」

中曾木は笞をおろした。裃の肩衣を整《ととの》え、穴山に言った。

「穴山さん、あとはお任《まか》せしますよ。よろしいな。わたしはご家老にご報告せねばなりません」

「お任せを」

穴山はこたえた。

無念に打ちひしがれた胡風の絞《しぼ》るようなうめき声が、土蔵に流れた。


半刻《はんとき》（約一時間）がたった。

忍田城二ノ丸の家老・萱山軍右衛門の御用部屋に、萱山と用人の中曾木が向かい合っていた。中曾木の報告が届いてから、二人は人払いをして、これからの見通しを話し合っていた。

御公儀に対しては、鳥見役の一件についても、忍田領内における農間余業の奨励についても、それなりの言い訳をたてることはできる。

恐れるのは、ただ今の領内の執政の役目替えになる事態であった。領国経営の執政を別の者に替えることは、御公儀には目に見える改革と映る。そうすることによって、御公儀への体裁をつくろうことはできる。

しかし、そういう事態になれば、これまで東妻沼村を中心にして築きあげてきた萱山と中曾木の業績と、何よりも、手にしてきた利得を人にわたすことになりかねなかった。

なんとしても、それは防がなければならなかった。

そのために、鳥見役をすら手にかけたのである。

御用部屋の中庭に向いた板縁の板戸は閉じられ、はや行灯《あんどん》に火が入れられていた。夕方が近づくにつれ、寒さはいっそう増していた。

「……しかし、これまでどおりに、というわけにはいきますまい。やり方を変えなくては、ならぬでしょうな」

中曾木が言い、萱山はうなった。

「どのように、いたすのだ」

「どのようにいたすか、考えております」

二人の話し合いは、途絶《とだ》えがちであった。板戸が吹きつける風に鳴り、かすかなすきま風が二人の間に流れた。

そこへ、襖《ふすま》の外にとり次の小姓の声がかかった。

「軍事方師範役・穴山源流どのが、お見えでございます。ご家老さまにお急ぎの御用と申されますゆえ、こちらにお連れいたしております」

「ふむ。通せ」

襖が開けられた。

穴山が沈鬱《ちんうつ》な面持ちで部屋に入り、畳に手をつくのを二人は見守った。

早速、萱山が言った。

「穴山、手をあげよ。ご苦労だった。済んだか」

「つつがなく。今はすっかり、観念いたしておる様子でございます」

「よかろう。江戸屋敷にとり調べの顚末《てんまつ》をお知らせいたし、殿さまのご裁断を仰ぐ。調書を急いで作れ」

「はい。それも間もなくでございます。ご家老、おうかがいいたしましたのは、そのことではございません。ただ今、わが手の者より知らせが入り、清善寺にて笠木胡風の門弟ら十数名が集まり、笠木胡風並びに女房八枝を救出いたすため、新店の牢屋を襲う気配を見せております。いかがいたしますか」

「うん？　胡風の門弟らがか」

萱山は眉《まゆ》をひそめた。

「門弟らは、われらが女房の八枝を捕縛いたした事態に、これ以上見すごしにはできぬと、実力に出る決意を固めております。牢屋を急襲して胡風並びに八枝を救い出し、さらにご城下に騒ぎを起こし、江戸屋敷のみならず、御公儀にも訴えを起こす存念かと思われます」

「なんだと。御公儀《こうぎ》にか」

穴山は、黙然と頭を垂れた。

「ご家老、うろたえるにはおよびません。門弟らが一堂に会しておるならば、かえってちょうどよい機会です。われらの政《まつりごと》に不平不満を抱く不逞《ふてい》の輩を、この際、家中から一掃すればよいのです」

「家中の者を十数名も一度にか。江戸の殿さまがどう思われるか……」

「胡風は罪を白状したのです。犯した罪を罰するのです。道理はこちらにあります。打ち首は胡風と、門弟の中の主だった者を一名。せいぜい二名。あとの者は硬軟おりまぜてときをかけて詮議し、心を入れ替えさせればよいのです」

中雪木は穴山へ向き、

「穴山さん、すぐに手勢をひきいて門弟らを捕縛してください。手向かいする者は、斬り捨てるのもやむを得ぬでしょう。町奉行所に指図して清善寺をとり囲ませ、ひとりたりとも清善寺の外へ出させてはなりません」

と、冷ややかに指図した。

三

岡本屋の仁左衛門は、里景の疵《きず》の容体が気になって看病を続け、清善寺の僧房《そうぼう》で急遽《きゅうきょ》持たれることになった会合に向かうのが遅れた。

夕刻、饅頭笠《まんじゅうがさ》をかぶって紙合羽を羽織り、もしも、という事態を考え尻端折《しりはしょ》りにした帯に道中差しを挟んだ。中町の店を出て、風雨の中を札の辻から荒町に折れ、八軒口の門が見えるところまできた。

清善寺は、八軒口をくぐり、天満組屋敷の往来をお城側へ曲がった先にある。

そのとき、八軒口の外の天満組屋敷の往来に、町方の提灯《ちょうちん》の灯が続々と清善寺のほうへ曲がっていくのが見えたのだった。

ふと、気がつくと、荒町のそこここに警固の侍の姿も見えた。

警固の侍らは、風雨の中、人通りが殆ど絶えた荒町をゆく仁左衛門に、訝しげな目を向けている。

拙《まず》いことになった、と即座に気づいた。門弟の方々にすぐに知らせなければ、と思った。だが、どうやって、と思案にくれた。

歩みをゆるめて、八軒口に差しかかった。八軒口にも警固の侍が立っていて、仁左衛門を、

「どこの者だ。どこへゆく」

と、厳しい口調で質した。

「はい。てまえは中町で足袋問屋を営《いとな》んでおります、岡本屋の仁左衛門と申します。今宵、佐間村の三軒屋まで商用でうかがうお約束をしておりましたところが、あいにくのこの雨風では提灯も役だたず、どうしたものかと迷いながらここまでまいりましたものの……」

「これから三軒屋までか。それは遠いな。この雨風だ。今宵はやめたほうがよいのではないか」

風が門を吹き抜け、仁左衛門の紙合羽に雨を打ちつけた。

「さようでございますね。それでは、せっかくここまでまいりましたので、この先の清善寺さまにお参りしてから、今宵は戻ることにいたします」

咄嗟《とっさ》に言った。

「だめだ。清善寺には、今宵はいくことは許されぬ」

「え、いくことが許されぬのでございますか？　なぜでございますか。清善寺にて、今宵、何かございますので」

「お上の御用がある。そのほうにはかかわりのないことだ。早々に立ちされ」

「お上の御用でございますか。さようでございましたか。こういう日は、何もかもが間が悪く、上手《うま》くいかないものでございますね」

仁左衛門は雨の雫の垂れる菅笠を持ちあげ、八軒口の先を見やった。

すると、突然、宵《よい》の彼方の空に不穏な喚声《かんせい》が湧《わ》き起こった。

「あ？」

と、警固の侍と目を合わせた。

喚声は遠いが、清善寺の方角より繰りかえし起こり、物を打ち合うかすかな音も風雨の中にまじっていた。

「あ、あれは、なんでございましょう」

「よい。いけ」

警固の侍は仁左衛門を追いたてた。

清善寺は、環濠《かんごう》に架かる橋を渡って濠《ほり》沿いの参道を進み、参道が濠を背に北へ曲がった先に、茅葺屋根の山門をかまえている。両側に石灯籠《いしどうろう》のたつさらに長い参道が山門よりのび、右手の大木が林を作る向こうに鐘楼《しょうろう》があり、左手は広い墓地になっていて、参道に沿って大小の石地蔵が数体並んでいる。

それをなおも進んだ奥に、御堂《おどう》の反《そ》り屋根の黒い影が、夕刻の空の下にうずくまるように見えた。

僧房は御堂の右手、庫裡《くり》の建物に並んでいる。

その僧房のほうから、人影が降りしきる雨に打たれて駆け寄ってきた。

「穴山さま」

駆け寄ってきた影が、菅笠を押さえ、紙合羽を雨に打たせて言った。

「半田か。どれぐらい集まっている」

「先ほど二名が新たに加わり、全部で十三名がそろっております。どうやら、牢屋を襲う支度《したく》にかかっておるようです。ただ、忍田町の岡本屋の仁左衛門は、まだ現われておりません。むろん、芦穂里景も……」

牢屋の番士でもある半田余助が、穴山源流に言った。

「僧らはどうしておる」

「いまはみな、庫裡のほうにおります。何しろ僧房は火の気がなく、寒いので」

よし、と穴山は頷いた。

穴山は、二十数名の軍事方の配下の者を従えていた。

みな鎖帷子《くさりかたびら》を着て襷《たすき》がけの軽武装である。

山門の外には、忍田町の町奉行所の捕り方が、御用《ごよう》提灯をかざして後詰めに控えていた。

清善寺の外の町地にも、環濠を越えて逃げてくる者を押さえるため、捕り方が要所を固めて境内《けいだい》を見張っていた。それ以外の武家地は、環濠に沿って高い土塀や石垣を廻《めぐ》らしており、そちらへ逃げることはできない。

「よかろう。岡本屋のことはあとでなんとでもなる。ここに集まっておる者らを先に始末をつけよう。半数は僧房を囲み、半数が一気に踏みこめ。逃げ出した者は、僧房の外で残らずとり押さえよ。いけ」

軍事方は低くこたえ、穴山の左右から僧房へ迫っていった。

風に騒ぐ木々や降りしきる雨が、男らの迫る気配を消した。それを見送った半田は、穴山へふりかえり、

「それがしの役目は、これまでで」

と、肩をすくめて言った。

「退っておれ」

穴山は、僧房のほうを向いたまま言った。

「穴山さま。いただく物をいただかねば」

「わかっておる。済んだらわたす。すぐ終わる。おぬしも退って、終わるまで見ておれ」

「ええ、終わるまで？」

穴山は胸の前で腕組みをし、仁王立《におうだ》ちのように立ちはだかった。僧房のほうをじっと見据えた。穴山の菅笠から、雨の雫がしきりに落ちている。

やがて、僧房の戸が勢いよく引き開けられた。

けたたましい音とともに、叫び声が起こった。部屋の明かりが宵闇《よいやみ》に射した。その明かりの中に男らの乱戦の様子がくっきりと見え、すぐに明かりは消えた。罵声《ばせい》や悲鳴、雄叫《おたけ》び、床を踏み鳴らし、壁にぶつかり、戸の倒れる音が飛び交い乱れた。

「逃げろ……」

悲鳴に似た声が聞こえ、僧房の回廊から転げ落ちる人影が見えた。

庫裡のほうの戸が開き、僧侶らが顔をのぞかせたが、山門につめた御用提灯に気づき、すぐに庫裡の戸を閉じた。

そのとき、一個の影が御堂の前に立つ穴山のほうへ走ってくるのが見えた。抜き放った一刀を手にして、穴山に気づかず駆けてくる。囲みを解いて逃げてきた、門弟のひとりだった。

裸足の足が、境内の泥を撥《は》ねあげていた。

「穴山さまっ」

穴山の後ろの半田が喚いた。

門弟が穴山に気づき、穴山の手前であやうく立ち止まった。家中では禄《ろく》の低い袋《ふくろ》町組屋敷の若い侍だった。ずぶ濡れの袴に泥が散っていた。

「あ、穴山さま、なぜ、なぜですか」

若い侍が穴山に言った。

「お家の政に異を唱える不逞の輩、神妙に縛につけ」

「そうではない。ご家老とご用人の独断と専行に異を唱えているだけだ。実情を表沙汰《おもてざた》にせよと、求めているだけだ」

穴山は刀に手をかけ、柄《つか》を前へ押し出すように鯉口《こいぐち》をきった。

「埒《らち》もない。刀を捨てよ。胡風はすでに、御公儀御鳥見役斬殺の罪を、白状したのだぞ」

「罪もない胡風先生を、解き放て」

侍は境内に声を甲走らせ、大上段にとった。

ぬかるみを散らし、斬りかかった。

穴山は素早く身を躱《かわ》して、若侍と身体を入れ替えつつ抜刀し、即座に脾腹《ひばら》を斬り抜いた。

若侍は、「わっ」とひと声あげ、たたらを踏んだ。

その背中へ、ふりかえった穴山は乾竹割《からたけわり》のように一撃を浴びせた。

雨の中に血飛沫《ちしぶき》を噴き、若侍は膝からくずれ、境内の石灯籠の下に俯せた。

悶《もだ》え苦しみながら少し這《は》ったが、すぐに声は途絶え、動きも止まった。

半田が動かなくなった若侍を、上から探るようにのぞいた。

「もうだめですな。呆気《あつけ》ないものだ。この男は袋町組屋敷の池沼松太郎《いけぬままつたろう》です。隠居してお役目を松太郎に番代わりしたばかりの父親と、母親の三人暮らしです。両親がさぞかし、悲しむでしょうな」

と、穴山へ見かえり、冷笑を投げた。

穴山は飛沫を散らして、刀をひとふりした。

「神妙に縛につかぬからだ。満足に剣術もできぬくせに、独断と専行などと、偉そうにほざきおって。身から出た錆《さび》だ」

穴山は刀身を袖でぬぐい、鞘に納めた。

四

それより二刻（約四時間）ほど前、北風に雨がまじり始め、嵐のような午後になった。

風雨は田野の彼方の森を騒がせ、田や畑を舐《な》めて吹きわたった。

やがて、強くなる一方の雨は田野の道をぬかるませ、用水の堤に自生したとちの木の裸の枝を震わせ、吹き抜ける風がさざ波をたてる用水の、濁った水面にもしきりに降りそそいだ。

西城村の境をすぎて四方寺村の野道を少し南へとった用水の堤端の、夏は青葉を繁《しげ》らせるとちの木や榛《はん》の木を背に建てられた番太の拵蔵の店が、田野の道の彼方から見えた。

元は百姓家らしい茅葺屋根で、垣根などはなく、店から少し離れたところに土壁の小さな納屋と、雪隠《せっちん》らしい小屋も見えている。

捨蔵の店が村の集落から離れたその用水の堤端にあるのは、北隣の西城村、北東側の東妻沼村の番太をもかねているからだった。

風雨は茅葺屋根を濡らし、煙出しよりのぼらせる煙を吹き払い、生木の格子窓を覆う粗末な板戸の隙間から、店の中にまで降りこんできた。

店は、広い内庭の土間に竈《かまど》があり、竈の横に薪《まき》や藁《わら》が積んである。

土間続きに囲炉《いろ》裏《り》のある板敷になっていて、囲炉裏に燃える粗朶の炎が、自在《じざい》鉤《かぎ》にさげた湯鍋の湯を沸かし、鍋の蓋《ふた》から湯気がのぼっていた。

布子の半纏《はんてん》を着た番太の捨蔵は、三人の手下らとその囲炉裏を囲んで、黙々と濁酒《どぶろく》をあおっていた。

酒の肴《さかな》は、囲炉裏の火であぶった干した鱈《たら》と干し芋だった。

あぶった魚の臭いが、四人の男らにねっとりとからみついていた。

粗朶の炎に、四人の傍らに寝かした長どすの黒鞘を照らし、風雨をさにて板戸を閉じた土間の暗がりに、ゆらめく薄明かりを落としていた。

捨蔵は朝から機嫌がよくなかった。勢いよく碗をあおるたびに、ううむ、とうめき声のような太い吐息をつく以外は、黙りこくっていた。

捨蔵の不機嫌を察した手下らは、親分の機嫌をこれ以上損ねないよう、誰も戯《ざ》れ言《ごと》や笑い声を交わさなかった。

昼すぎになって、まるで嵐のような天気になったため、捨蔵と手下らは、昼すぎから村の見廻りを止め、ずっとそうやって、物憂《ものう》げな沈黙の酒盛りを続けていたのだった。

捨蔵の空になった碗に手下が濁酒の一升徳利《どっくり》を傾け、捨蔵はそれをあおり、また、ううむ、とうめいた。そして、

「あんべえ、悪いな」

と、胡坐《あぐら》をかいた膝の上で碗を手にしたまま、ようやく口を開いた。

手下らは、そろって捨蔵を見た。

「親分、何が、あんべえ悪いんで？」

徳利を持った手下が訊いた。

捨蔵は気だるそうにうなったばかりで、手下にこたえなかった。

「親分、昨夜《ゆうべ》のことなら、あっしらがどじを踏んだわけじゃありやせんぜ」

手下は捨蔵の機嫌をとった。

「そうですよ。昨日のことは、猪狩さんらがだらしなかったんですぜ。年寄りと

瘦せ浪人の供と餓鬼《がき》だから、油断してたんだ。ところがよ、供の瘦せ浪人に猪狩さんらは誰も歯がたたなかったじゃありやせんか」

もうひとりが干し鱈をかじりつつ言い、

「まったくよ、あの瘦せ浪人は、滅法《めっぽう》、強かったな」

と、別の手下が相槌を打った。

しかし、捨蔵は黙りこんでいた。梁の見える薄暗い天井裏へ目を投げ、何かを考えているふうだった。

捨蔵がそんな調子なので、手下らは、再びむっつりとした酒盛りに戻った。

風雨が突風のように吹きつけ、表の板戸を震わせた。四人の酒をすする音や肴を咀嚼《そしゃく》する音ばかりが、生々しく続いている。

表の板戸が、風にまた震えて鳴った。

すると、ふと気づいたように、捨蔵が手下のひとりにやおら言った。

「人がきた。おめえ、出ろ」

「え？　親分、風ですよ」

手下が表戸を見やり、顔を捨蔵に戻した。

捨蔵は声に出さず、いいから出ろ、と無精髭の生えた顎《あご》をふった。

手下は首をかしげ、身体をひねって板敷から土間に降りた。藁草履の音を鳴らして表戸へいき、片引きの腰高障子を引いた。それから、板戸をわずかに開けて外をのぞいた。

「あれ？」

手下は間の抜けた声を出した。

板戸をさらに引くと、目深《まぶか》にかぶった菅笠を手で押さえ、濡れた引廻し合羽の裾を風になびかせた侍が、午後の風雨の中に立っていた。

引廻し合羽の合わせ目から、腰に帯びた二刀の柄がのぞいていた。

ぞっとするほど冷たい風雨が吹きこみ、手下を震えあがらせた。

手下は、寒さに両肩をすぼめて言った。

「誰でえ。ここは四方寺村と西城村、東妻沼村の番太を務めなさる捨蔵親分の店だ。なんぞ用けえ」

「捨蔵に訊きたいことがある。捨蔵はいるな」

侍が風雨の中で言った。

「なんだと、てめえ。なんのつもりでえ。名乗りやがれっ」

寒さに震えながらも、手下は喚いた。

囲炉裏のそばの捨蔵と二人の手下が、怪訝《けげん》な顔つきを表口に佇む侍へ向けていた。侍のかぶった菅笠に、雨の飛沫があがっていた。

「おまえ、捨蔵の手下か。昨夜、星川の桁橋で、捨蔵の後ろにいたひとりだな。わたしを覚えているか」

侍は菅笠をあげ、手下に顔を見せた。

束《つか》の間《ま》、手下は眉をひそめて睨み、「あっ」とたじろいだ。

「名は唐木市兵衛だ。入るぞ」

市兵衛が土間に踏み入るのに合わせて、手下はずるずると後退《あとじさ》った。

捨蔵と二人の手下は、啞然《あぜん》として見守っている。

「親分、き、昨日の瘦せ浪人だ」

手下が怒声を投げつけ、竈のそばの太い生木の粗朶を慌《あわ》ててつかみ、市兵衛に打ちかかった。

市兵衛は素早く手下の手首を押さえ、身体をかがめた。荒々しく打ちかかるはずみで、上から覆いかぶさった手下の身体を肩に乗せ、担ぎ上げて表戸のほうへ放り投げた。

手下の身体は宙がえりを打って、表戸の外の泥水を撥ねあげた。

「てめえっ」

捨蔵と手下が喚き、長どすをつかんで囲炉裏の周りに躍りあがった途端、太い粗朶が、囲炉裏の自在鉤にさげた湯鍋にあたって跳ねかえった。

鍋は自在鉤にさがったまま、吃驚したみたいに震えた。蓋が転げ落ち、中の湯が囲炉裏の周りに飛び散った。

「熱い熱い」

三人が飛び退いた拍子に、囲炉裏の灰が舞いあがり、茶碗が転がり、倒れた徳利の濁酒が板敷にこぼれた。

手下から奪いとっていた粗朶を、市兵衛は囲炉裏へ投げつけたのだ。

すかさず、引廻し合羽を払いながら抜き放ち、板敷に躍りあがった。

手下のひとりの腹にひと薙《な》ぎを見舞い、刀をかえしてもうひとりの肩に一撃を浴びせた。

二人は防ぐ間もなかった。悲鳴をあげ、身体を折り曲げて土間へ転落し、苦痛にのた打った。

捨蔵は長どすを抜きながら、店の奥へさがった。

そこを踏みこみ、板敷を震わせその肩から腹へ袈裟懸を放った。

「やられたあっ」

捨蔵は絶叫し、身体を弓反りにして奥の部屋の仕きりの板戸にぶつかった。板戸に背中をめりこませ、尻から板敷にすべり落ち、落とした長どすが、がらがらと板敷を転がった。

市兵衛は、尻餅《しりもち》をついた捨蔵の喉《のど》に、切先を突きつけた。

「捨蔵、安心しろ。峰打ちだ。手加減をした。しばらく休んでいれば、痛みは治まる。窓の隙間から店の中をのぞいて驚いたぞ。村を守る番太のおまえが、昨夜の追剝ぎ強盗の一味だったとはな。わが主《あるじ》は今、生死の境を彷徨《さまよ》っている。おまえの打ち首獄門は間違いない。だが、お上の手を煩わせるまでもない。今ここでおまえの首を落としてやってもいい。そのほうが、苦しむときが短くなる」

市兵衛は、切先を捨蔵のたるんだ首筋に咬《か》ませた。

「痛い。いてて……」

捨蔵は顔をしかめた。

「やめろ。た、助けてくれ」

「だめだ。今さら命乞いをしても遅い。覚悟はいいか」

「まま、待って、くれぇ」

捨蔵の声が裏がえった。

土間に転がった手下らが、苦痛にうめいている。

「手下らは、おまえを先に冥土へ送ったあとを追わせてやる。ひとりではないのだ。心細くはなかろう」

切先を咬ませたたるんだ肉から、ひと筋の血が伝った。

「最後に言い残すことはあるか」

捨蔵は喉を引きつらせた。息を喘《あえ》がせながら、必死に言った。

「は、はる。はるんだよう」

そう言って、唾を呑《の》みこんだ。

「旦那。おれは、追剝ぎ強盗じゃねえ。お、おれは番太だ。お上の御用を、つつ、務めただけなんだ」

「お上の御用だと？　お上の御用が追剝ぎ強盗だと言うのか」

「ち、違う、旦那。旅人の懐《ふところ》なんぞ、狙いやしねえよ。忍田城の、軍事方の、師範役の、穴山源流さまの、おお、お指図に従っただけでさあ」

「軍事方師範役の、穴山源流だと」

「嘘《うそ》じゃねえ。金輪際《こんりんざい》、嘘は言わねえ。昨日、穴山さまの配下の猪狩俊平と、幡厚貞、徳崎べべ、弁次郎という軍事方がきて、言ったんだ。ほ、ほかにも、量慶とかいう坊主と、石立壇之助という薄気味の悪い侍もいた。た、たぶん、穴山さまに金で雇われた、無頼漢《ぶらいかん》だ。芦穂里景というじじいを始末する。人手を率いて従えと言われた。おれたちみてえな下っ端は、お上に従え、やれ、と言われりゃあ、つべこべ言わずにやるしかねえんだよ。いいとか悪いとか、なぜなんだとか、おれたちは考えたりしねえんだよ」

「何も訊かずに、わが主の命を狙ったのか」

「訊かねえ。訊かねえが、訊かずとも、おらあ知ってる。じじいを狙ったわけは知ってる。旦那、わけを話すから、刀を、どけてくれ」

「作り話など、幾らでもできる。おまえの話すことが実事だと、なぜ言える」

市兵衛は、切先をなおも突いた。

「やめてくれぇ、旦那。し、証拠が、ある……」

と、捨蔵は顔を苦痛に歪めて言った。

疵口から、新たな血のひと筋が伝った。

「昨夜、旦那は猪狩ら五人を相手に、ひとりで戦った。旦那ひとりに、五人は歯がたたなかった。おれはそれを見て、すげえと思った。本当だぜ。旦那、覚えてねえか。あの橋で、旦那が疵を負ったじじいと餓鬼を守って橋を渡っていくのを、見逃しただろう。おれと手下らが、お指図どおり、死に物狂いで襲いかかっていりゃあ、旦那に斬られたかもしれねえが、じじいと餓鬼の命はなかった。そうしなかったのは、こんなすげえ侍にかなうわけねえと思ったからさ。こんなお侍がいるのかと、ほとほと感心したからさ」

捨蔵は、また喉を震わせた。

「旦那、男の約束だ。嘘は言わねえ」

「証拠があるのか」

「ある。間違いのねえ、証拠だ」

土間の手下らが、うなりながらも起きあがろうとしていた。

「おめえら、そこで大人しくしてろ。これから、旦那とさしで話をつけなきゃならねえ。絶対、手出しするんじゃねえぞ」

捨蔵が手下らに喚いた。

土間の手下らは、困惑した様子で市兵衛と捨蔵を見あげていた。

「見せろ」

「今、見せる。見せるが、こっちにもひとつ、言い分がある」

「何が言いたい」

「証拠を見せて子細を全部、話す。代わりに見逃してくれ。おれは今夜中にここをずらかる。もう二度と、村へは戻ってこねえ。手下らも同じだ。おれについてくるのもかまわねえし、どこかへいきたきゃあいかしてやる。証拠が表沙汰になりゃあ、どの道、助からねえ。お上はおれたちを都合のいいように利用して、都合が悪くなったら平気で見捨てるからよ。洗いざらい話す代わりに、見逃してくれ。そいつを約束してくれ」

捨蔵の目には、怯《おび》えと、しかし何かしら捨て鉢なしたたかな虚無《きょむ》が見えた。

「見逃せだと？」

市兵衛は、切先を勢いよく突き入れた。

捨蔵は目を固くつむり、絶叫した。

切先は捨蔵の首筋すれすれに、背後の板戸を貫いていた。

「捨蔵。よかろう。見逃そう。証拠を見せろ」

戸が開いた表口から、風雨がうなりつつ吹きこんだ。

五

表口を閉じた板戸を、風雨が叩いていた。

囲炉裏にくべた粗朶が、小さな炎をゆらし、自在鉤にかけた湯鍋を温め、湯鍋からのぼる湯気は、ゆれる炎の薄明かりとからみ合っていた。

日暮れまでには、まだ間はあった。

しかし、黄ばんで穴の開いた角行灯に火を入れ、行灯の明かりは、土間に呆然と坐りこんでいる三人の手下と、市兵衛と向き合って胡坐をかいた捨蔵の、肉の厚い脂ぎった頬を光らせていた。

そして、市兵衛の後ろに寝かせた捨蔵らの長どすの黒鞘と、市兵衛の足下にある手控《てびかえ》帖《ちょう》ほどの帳面の、手垢《てあか》と赤黒い染みの残った紙面をも、赤茶けた明かりにくるんでいた。

市兵衛は、刀を帯びた恰好で片膝立ちをくずさず、足下の帳面を繰っていた。

捨蔵は、首の疵に貼った膏薬《こうやく》を指先で押さえていた。

「始まりは、先月の終わりごろだ。東妻沼の茶屋へ穴山さまに呼び出された。穴山さまとは、何年か前、忍田城の殿さまの次に偉いご家老の萱山さまと、ご用人の中曾木さまが、穴山さまら軍事方のお侍を大勢、供に引き連れ、東妻沼村をご視察になられた折り、近在の道案内を申しつかった。それ以来、何かとお指図をいただいたり、お杯をいただいたりしてきた間柄だ。茶屋に出かけたら、穴山さまのほかに、猪狩と幡と徳崎がいた。酒を呑まされ、お指図を受けた。熊谷新田の脇往還の妻沼村から、一両日中に、大葉桑次郎という御公儀の御鳥見役が東妻沼村にくる。大葉の道案内を、おれに務めよと命じられた。そのうえで、穴山さまはおれに耳こすりをして、大葉が東妻沼村の何を探り、何をどのように調べたかを、詳しく報告せよと命じられた」

「命令の意図がわかっていたのか」

「そのときはわからなかった。御公儀の御鳥見役の道案内をし、お調べの手伝いをして、何をお調べになったたか、穴山さまに報告すればいいんだな、としか考えなかった。今なら穴山さまが耳こすりで命令したわけはわかるけどよ。あのときは妙だなとしか思わなかった。月末の昼前だった。御鳥見役が宿へ着いた知らせもこねえうちに、仕手方の六助という男が現われ、近在の様子を見て廻りたいので案内を頼むと言うじゃねえか。こっちは穴山さまのお指図を受けていたから、好都合だと思い、案内役を務めたわけさ。御鳥見役だから、鷹狩りによさそうな原野や森を見廻るのかと思ったら、村々の百姓家を見廻り、百姓らの暮らしぶりやら田んぼと畑の収穫のことやら、余業のことを訊いて廻るじゃねえか。それをその都度《つど》、この手控帖に記していた」

「ずっと、道案内を務めていただけか」

「ずっとじゃねえ。月末の日から今月の一日と二日の昼間だけだった。四方寺と西城と東妻沼の大体のところを案内した。けど、夕刻からはおれの用は済み、御鳥見役は仕手方の六助と二人で、東妻沼の盛り場の様子を見廻っていた。狙いがあってのわけじゃねえが、穴山さまに言われていたから、御鳥見役がどこら辺で遊ぶのかも探っておいてもよかろうと、気を利《き》かせたつもりで手下にあとをつけさせたのさ。こいつらの話によると……」

と、捨蔵は土間の手下らのほうへ首をひねった。

「御鳥見役は、東妻沼の盛り場の賑わいをずいぶん気にかけていたみてえだ。旅籠以外に、茶屋や居酒屋、湯屋とか髪結とか、それから質屋なんかものぞいていたそうだ。あの御鳥見役は何を探っているんだと、ちょいと訝しかった。それで二日の昼だった。東妻沼の酒亭で、昼飯になった。酒も少しばかり呑んでよ。その折り、御鳥見役はろくに呑み食いもしねえで、手控帖に調べたことを一心に書き続けていた。おれは軽く探りを入れるつもりで、お調べはいかがでございやすかと訊いた。そしたら御鳥見役は、鷹狩りによい場所を求めて野山を歩き廻るだけがお役目ではねえ、農民の暮らしの様子などを見廻る役目もときにはあるでな、と、笑って言った。で、おれが、近ごろは百姓も米作りばかりじゃなく、いろんな仕事に手を染《そ》めて、中には、質屋や造り酒屋や旅籠などを始めて、水呑《みずのみ》百姓のおっ母《か》あを飯盛になんぞに雇って、大そうなお金持ちになったお百姓もおりやすのでね、と言ったら、御鳥見役は笑いながら、それでは困る、御公儀もお大名も米が政の基だ、百姓は米作りを専らにせねばなと言った」

「御鳥見役は、農民の余業の実情を調べていたのだな」

捨蔵は、ふむ、と頷き、続けた。

「だからおれは、東妻沼村が、六斎市《ろくさい》をたて、宿場みてえに賑やかな在郷町になって、江戸のお殿さまもお喜びだって、ここら辺では評判ですぜって言ってやったら、そうか、江戸の殿さまもお喜びか、と御鳥見役は、おれの言うことも一々手控帖に記していきやがるのさ。おれは、これ以上言っちゃあ拙いかなと思って、御鳥見役と話したのはそれだけだ。午後、案内はもうよいと言われて務めは済んだが、おれは御鳥見役が手控帖に一々書き記していることが気になって、その足で忍田城下へ急ぎ、夜更《よふ》けに穴山さまのお屋敷を訪ねて報告した。穴山さまはひどく気にしているふうな様子で、わかった、このことはご家老さまにご報告しておく、明日も御鳥見役の見張りは続けるようにと、なんだか穏やかじゃねえお指図をいただいたのさ」

「明日とは、御鳥見役と仕手方が斬られた三日だな」

「そうだ。三日の朝早く、穴山さまと、猪狩、幡、徳崎がここへきた。そのとき、従えていた量慶という坊主と石立の助っ人とは、初めて会った。他人のことは言えねえが、物騒な見かけのやつらだった」

「御鳥見役の旅程は、知っていたのか」

「旅程？　ああ、宿かい。詳しく語らなかったが、隠密のお役目というふうでもなかった。おれを怪しみもせず、三日の夜は熊谷宿に宿をとると言っていた。穴山さまはおれに言われた。これは、ご家老さまとご用人さまのご命令だ。ご家老さまとご用人さまのご命令は、江戸のお殿さまのご命令と同じと思え。お家の存亡にかかわる極めて重大な、誰にも知られてはならねえ御用だ。たとえ手下が他人にもらしても、手下とともにおまえも厳しき処罰を受けることになる。指図どおり御用を務めれば、必ず大きな恩賞がくだされる」

「その恩賞目あてに、御鳥見役を今井村で襲ったのだな」

「恩賞目あてもある。けど、恩賞だけじゃねえ。御用を聞いたとき、お上がそんなことをするのかと、驚いたさ。背筋がぞくぞくしたぜ。けど、従うしかなかった。殿さまのご命令とか、お家の存亡にかかわる重大なこととか言われたら、おれたちは何も考えずにやるしかねえのさ」

「この手控帖は、なぜおまえが持っている」

「今井村のあの林道は、おれが教えた。集落から離れているし、昼間でも薄暗いからちょうどいいとな。御鳥見役と仕手方は、三日の昼間も東妻沼の様子をだいぶ調べていたらしくてよ。林道に通りかかったのは日が落ちてからだ。前からは穴山さまと軍事方の三人、後ろから量慶と石立と、おれたち四人だった」

「昨夜の襲撃と同じだな」

「ああ、そうさ。軍事方の指図さ。おれは言われた通りに従ったまでよ。あのヨも、昨夜もな。御鳥見役と仕手方を斬ったのは、坊主の量慶と石立、それから猪狩だ。穴山さまは指図役だったからよ。けど、御鳥見役は深手を負いながら、林道わきの藪《やぶ》の中に逃げた。暗くて御鳥見役の姿を見失っちまって、手分けして捜し、藪の中の窪地《くぼち》に身を隠しているのをおれが見つけたんだ。もう虫の息で、助からねえのは明らかだった。済まねえな、こうするしかなかったんだ、と御鳥見役に言った。けど、御鳥見役は何もわからねえみてえだった。そのとき、ふと、飯も食わずにおれの話を一々記していた手控帖のことを思い出した。おれは、懐を探ってとり出したのさ。それを、自分の懐にねじこんだ。それから、いたぞ、と穴山さまらに知らせた」

「手控帖のことは話させなかったのか」

「話さなかった」

「なぜだ……」

「なぜかな。自分でも、わからねえ。勘だ。こっそり持っていたほうが、どっかで役にたつんじゃねえかと、勘が働いた。御公儀の御鳥見役を襲うなんて、なんか、やばすぎるぜと、思っていたからかな。とに角、よくわからねえ勘が働いて隠したのさ」

捨蔵は、吐き捨てるように言って考えこんだ。沈黙が流れ、店の外に風雨は続いていた。

「止《とど》めは穴山さまが刺した。御鳥見役と仕手方の亡骸は、藪の中に埋めて見つからないようにする手はずだった。亡骸がなきゃあ、生きてるか死んでるかわからねえ。ただの行方知れずにするはずだった。ただ、念のために懐を探って追剝ぎ強盗に見せかけたけどな。ところが……」

捨蔵は続けた。

「軍事方は斬り合いは得意かもしれねえが、あと始末の手ぎわが悪くてな。早く済ませたい一心で妙に焦《あせ》りやがった。大して深い穴じゃねえのに、亡骸を埋めにかかるから、もう少し深くしたほうがいいんじゃねえんですかと言ったんだ。なのに、おれの言うことを聞かねえから、翌々日にはもう見つけ出されちまって、御公儀のお役人が追剝ぎ強盗に遭《あ》って斬られたらしい、と領内中の騒ぎになった。郷方のお調べにおれも駆り出されて、訊きこみに廻った。あんまりいい気持ちはしなかった。ばれるんじゃねえかと、びくついたぜ」

「恩賞はもらったのか」

「それが、わずかな手間賃を渚符かうわたされただけで、恩賞は一件が落着してからだと言われた。いつ、一件は落着するんで、と訊いたら、御鳥見役斬殺に手をくだした者の処罰が済んだあとだと言うので、おれはまた驚いた。一体、何を考えているんだと、呆れもした。けど旦那、何度でも言うぜ。おれたちはお上にそうしろと言われりゃあ、そうするしかねえんだ。六日、いや七日前だ。東妻沼村のはずれで村の餓鬼ら相手に手習師匠をやってる笠木胡風を、御鳥見役斬殺の廉で捕縛したときは、むろん、駆り出された。こいつがおれたちの身代わりかと思うと、なんだか気の毒だったがよ」

「今日の昼間、胡風先生の妻のお八枝さんが捕縛され、引ったてられていった。それにも駆り出されたか」

「うんにゃ。声もかからなかった。なんだか、忍田城下の身分の高《たけ》え侍らだけが焦って、一件を慌てて始末したがっているみてえに思えてならねえ。御鳥見役の亡骸を埋めたときみてえによ。だいたい、笠木胡風を無理やりお縄にしたとき、こりゃなんか、あんべえ悪いな、という気はしていたんだ。ありのままに言うから怒らねえでくれよ。昨夜《ゆうべ》は、芦穂里景とかいうじじいと供侍と餓鬼を亡骸をわからねえように始末して、行方知れずにする手はずだった。御鳥見役のときは縮《しく》尻《じ》ったが、今度は粗漏《そろう》なきようにってな。ところが昨夜のあのあり様さ。とんだ笑い種《ぐさ》じゃねえか。で、夜が明けたら胡風の女房のお八枝までお縄になった。おれは学問なんぞねえからどうでもいいが、胡風もそうだし、女房のお八枝も、近在の百姓や子供らが敬っている偉そうな先生だぜ。女房のお八枝がお縄になったと知らせが入って、ますますあんべえが悪くなるばかりじゃねえか。おれは村の見廻りをする気もなくなって、こいつらと酒呑んでた。こいつらと、あんべえ悪いなと話しながらな。そしたら、旦那がきたってわけさ」

捨蔵は、くぐもった笑い声をこぼした。笑いながら、

「旦那のきたことが一番、あんべえ悪いぜ。なあ、おめえらもそう思うだろう」

と言った。

土間の手下らが、捨蔵に合わせてひくひくと笑い出した。

「旦那は、この帳面に書いてあることを見て、どういう意味かわかるのかい」

捨蔵は、にやにや笑いを向けて言った。

ひと言、「わかる」と市兵衛はこたえた。

「おれにはとんと呑みこめねえ。御鳥見役は、こんなことを調べるために、村中を歩き廻っていたわけかい。ここに控えてあることなら、誰だって知ってることじゃねえか。百姓が米作り以外に、銭を稼《かせ》ぐために仕事をするのが、何かおかしいってえのかい。近ごろじゃあ、誰でもあたり前にやってるぜ。ここに書いてあるとおり、ご家老さまの萱山さまとご用人さまの中曾木さまの推《お》し進めている政のお陰で、寂しい継立場だった東妻沼村が、妻沼村に次ぐ賑やかな町になったん

だ。目出《めで》てえことじゃねえか。で、もっと呑みこめねえのは、誰でも知っているそれしきの調べをやっていた御鳥見役を、穴山さまは、それはご家老さまやご用人さまの、もしかしたら、江戸のお殿さまのお指図なのかもしれねえが、なぜ始末しなきゃあならなかったのかってえことさ。お上のやることとは、とんと呑みこめねえ。確かにわかっているのは、もうこれで終わりにするしかねえってことだけだ。そうだろう、旦那。ここに記されたことを読めば、旦那は呑みこめるんだろう。すとんと、腑《ふ》に落ちるんだろう」

市兵衛と捨蔵は、ひとしきり吹く風が板戸を騒がす間、睨み合った。

「旦那、約束だぜ。見逃してくれるんだろうな」

市兵衛は手控帖を閉じた。

「約束は守る。見逃してやる」

懐に手控帖を差し入れ、市兵衛は立ちあがった。

「だが、捨蔵。ときはあまりないぞ。わたしは見逃しても、この一件はすべて表沙汰になり、遠からず、おまえたちは追われる身になる。なるべく早く、できるだけ遠くへたち退け」

市兵衛は土間におりた。

捨蔵と手下らは、呆然と市兵衛を見あげた。

市兵衛が捨蔵の店を出たその夕刻前、雨はみぞれになり、ほどなく降りしきる雪になったのだった。

北武蔵の田野は、四半刻（約三〇分）ほどで雪原に姿を変えていった。

捨蔵は旅支度を終え、板敷のあがり端に腰かけ、草鞋《わらじ》をつけていた。傍らに縞《しま》の合羽に三度笠。手行李《ごうり》のふり分け荷物に、黒鞘の長どす一本が重ねてある。

三人の手下らも、同じ縞の合羽に三度笠を着けて土間に立ち並び、捨蔵の支度が整うのを見守っていた。

手下らは三人ともに、捨蔵についてゆくと言った。

「どこまでもお供しやすぜ、親分。ここはもう飽きた。別の土地へいって、出なおしやしょう。なあ、みんな」

心細げだが、手下らは頷いた。

「おめえらもくるかえ」

捨蔵は笑った。

十代のころは宿無しの風来坊だった捨蔵が、前の番太だった親分に拾われて手下になり、腕っ節の強さと気の利くところが見こまれ、親分のあとを継いで、四方寺村、西城村、東妻沼村の番太に納まった。

村名主さまやら郷方のお役人方の下働きも務め、近在では顔も名前もそれなりに知られるようになった。

せっかく手に入れた暮らしを捨てるのは惜《お》しいが、元の宿無しに戻るだけだ。ろくでもねえお上の言いなりになったのが、馬鹿だったんだ。てめえが踏んだどじゃねえかと、捨蔵は言い聞かせた。

草鞋をつけ、長どすを腰に差し、三度笠と縞の合羽をまとった。ふり分けの荷物をとって、

「今夜中に妻沼へいき、明日の朝、利根川を渡る。北へいく。いいな」

と、手下らに言った。

手下のひとりが、行灯の火を消しかけたときだった。

いきなり、表の板戸が引き開けられ、戸の外に人影が立っていた。人影に、雪がしきりに降りかかっていた。

雪をゆっくりと分けるように、猪狩と幡が土間に入ってきた。

二人のつけた菅笠と紙合羽が、雪で白くなっていた。

その雪を払いもせず、旅姿の捨蔵と手下らを、黙って見廻した。

戸の外には、ほかにも人影があった。

「おや、これは猪狩さま、幡さま、この雪の中をわざわざのおこし、ご苦労さまでございます。徳崎さまのご容体はいかがですか」

猪狩は不機嫌そうに手下らを見廻し、何もこたえなかった。

「あの、なんぞ御用でございますか」

捨蔵がまた言った。猪狩と幡が目配せし、猪狩は捨蔵を横目で睨んだ。

「捨蔵、おまえら、そのなりで、これからどこぞへ旅に出るのか」

「へい。妻沼の貸元の時治郎《ときじろう》さんをお訪ねする用が前からありまして、この雪だが、約束ですから仕方がねえ。ちょいと妻沼までいくところでした。明日、戻ってめえります」

「明日？　明日は利根川を渡って、北へゆくのではないのか」

えっ、と手下のひとりが声をこぼした。

手下らは、土間を後退った。

捨蔵は、猪狩の横睨みをつまらなそうにそらした。

「捨蔵、利根川を渡って北のどこへ、何しにゆく」

ぐふ、ぐふふ……

と、捨蔵は喉を震わすように笑った。

「外でお聞きでしたかい。猪狩さん、お人が悪いですぜ」

猪狩は横睨みのまま、眉をひそめて言った。

「おまえ、逃げる気か」

「逃げる？　ちょいと違うな。舞台をおりる潮どき、まあ、そんな感じでしょうかね。村の番太風情が、柄でもねえのに妙な田舎芝居の舞台にあがって、大恥をかきそうだ。恥をかくめえに、さっさと舞台をおりて、またどさ廻りに戻ろうかなってわけでさあ。こいつらも一緒にって言うんで、じゃあいくかって。なあ」

手下らの三度笠が震えた。

「唐木市兵衛という、芦穂里景の供役の浪人がきてたな」

「ほう、よくご存じですね」

「穴山さまのご命令で、われらは唐木市兵衛の動きをずっと見張っていた」

幡が刺々《とげとげ》しく言った。

「あはっ、昼間っからの雨風の中、そいつはご苦労なこった。仕方がありませんね。昨夜は唐木市兵衛ひとりに、猪狩さんも幡さんも、まったく歯がたたなかった。徳崎さんはあの様だし、遠巻きに恐る恐る見張るしかねえな」

「なんだと」

幡が紙合羽の中の刀をつかんだ。

捨蔵は幡を睨み、一歩退いた。

「唐木は何をしにきた。ずいぶん長くいたな。何をしていた」

「なんだっていいでしょう。猪狩さんらに話しても、しょうがねえよ。唐木はもう帰りましたぜ。見張らなくていいんですかい」

「唐木は、忍田へ戻っていったのがわかっている。それより、唐木はなぜここにきた。唐木と何を相談した。それを話せ」

「なぜここにきたか？　しょうがねえでしょう。昨夜、猪狩さんたちが唐木を討ち損ねたから、おれたちは唐木に顔を見られた。野郎、どこでどう探ったのか、ここを嗅《か》ぎつけていきなり現われた。ご存じのように、おれたち四人が束になってかかっても、あんな化け物みてえな野郎に、かなうわけがねえ。ほら、ここに疵があるんですよ」

捨蔵が喉首に貼った膏薬を指差した。

「野郎に刀を突きつけられ、ぶすりと串刺しにされるところだったんですぜ。わけを話せと問いつめられりゃあ、もう話すしかねえじゃねえですか。どなたのお指図で、そもそも何が狙いで、村の番太風情がと、洗いざらいをね。猪狩さんらが野郎を始末し損ねたからですよ。そうでしょう。証拠はあるのかと言われ、証拠はある、証拠を見せるから見逃してくれと頼んだ」

「証拠？　証拠とはなんだ」

「例の御鳥見役ですよ。林道の藪の中で虫の息で倒れているところを、おれが見つけた。御鳥見役の懐の中に手控帖がありましてね。東妻沼村で調べたことが細かく記してあった。どんだけ値打ちのある物か、おれにはとんとわからねえが、なんかの折りに役にたつことがあるかもしれねえと、勘が働きましてね。まあ、お守りみてえに持っていたんですよ。それを野郎に、番太風情のおれごときは見逃す約束で、見せたってわけでさ」

　捨蔵は、縞の合羽の裾を、右や左にゆらめかせた。

　猪狩が紙合羽にかかる肩の雪を落とした。

「そんな物が、あったのか。鳥見役の荷や懐に、調べた事柄を書き留めた帳面とか文書のないのが変だ、とは思っていたよ」

「思っていただけじゃあ、だめですね。その場で気を利かせて詮索しなきゃあ。

そしたら、こんな物を見つけましたと、差し出していたかもね」

「唐木に、鳥見役の手控帖をわたしたのだな」

「猪狩さん、幡さん、この芝居はもう無理だ。村の番太風情にだってわかるんですぜ。身分の高いお侍さま方なら、それぐらい、お気づきでしょう。お城の塵《ちり》ひとつ落ちていねえお座敷で廻らせた策どおりには、人は動いちゃくれねえ。てめえの都合のいいように考えたとおりには、物事は進まねえんだ。おれたちは、ここら辺で見きりをつけ、ずらかります。こんなところでぐずぐずしていたら、打ち首にされちまうだけだ。猪狩さんや幡さんも、さっさと忍田城下に戻り、ずらかる算段をしたほうが、いいんじゃねえんですか」

「唐木は、鳥見役の手控帖を持っていったのだな」

猪狩は捨蔵を横睨みにして言った。

幡の頰が小刻《こきざ》みに震えていた。

捨蔵は三度笠の下から、猪狩と幡をじっと見つめた。

「じゃあ、あっしらはこれで。いろいろと、お世話になりました。この土地を二度と踏むことはありません。どうぞ、お達者で」

そう言った捨蔵の頭上に、猪狩の抜き打ちの一刀が打ち落とされた。

三度笠が割れ、破片が飛び散った。

「うわあっ」

捨蔵は絶叫を発し、土間の竈へ背中からぶつかり、竈にかけた釜をひっくりかえした。竈に凭《もた》れてすべり落ちかけたところへ、幡が抜き放ち、腹へ突き入れた。

怒りをこめて貫いた切先が、がり、と竈の土壁を咬んだ。

「下郎っ。生かしておかん」

幡は、憎々しげな怒声を浴びせた。

捨蔵は急速に生気の失せる目を泳がせ、断末魔の喘ぎ声をあげた。頭から噴いた血が頰を伝い、顎の先からひと筋にしたたった。

三人の手下は、叫びながらわれ先に表戸へ突進した。

狭い戸口で互いにぶつかり、怯えにとりつかれ、押し合った。

最初に飛び出したひとりが、外で待っていた饅頭笠をかぶった量慶の、抜刀から上段へとった袈裟懸を浴びた。

次に飛び出した手下は、石立の抜き胴に腹をえぐられ、血飛沫が噴いた。

二人は悲鳴をあげ、ひとりは店の壁に打ちつけられ、ひとりはつもりかけた雪

雪の中に錯乱した。

の中へ突っこんだ。

三人目は助けを呼びながら、咄嗟に暗がりへ駆け出した。

石立と量慶が前後して追走し、手下の恐怖の悲鳴と石立の奇声が、巻きあがる雪の中に錯乱した。


しかし、三人目は四半丁《ちょう》も逃げられなかった。

背中に石立の一撃を受け、仰《の》け反って暗がりに足をすべらせ、店の裏手の納屋の土壁に衝突した。

壁にすがってくずれ落ちていく背後より、三度笠を持ちあげられた。

石立が手下の顔を上からのぞきこみ、甲高い笑い声をたてた。

手下は呆然と石立を見あげた。

「お、お助けを」

言った途端、喉をひとかきにかかれた。

六

市兵衛は、途中から雨が雪に変わって、たちまち降り積もった雪道に難渋しつつも、夜の四ツ半（午後十一時頃）、忍田城下に帰りついた。

忍田町の白い大通りを、中町の岡本屋へ急いだ。

漆黒《しっこく》の夜空に風がうなり、引廻し合羽を風に舞う雪が叩いた。

岡本屋に着くと、主人の仁左衛門が店の間に走り出てきた。

「唐木さま、お戻りなさりませ。この雪の中、ご苦労さまでございました。さぞかし、難渋いたされましたでしょう」

前土間で、菅笠や引廻し合羽を脱いでいる市兵衛に言った。

市兵衛は腰の刀をはずし、店の間のあがり端に腰かけて、草鞋や濡れた足袋や脚絆《きゃはん》をとりながら訊いた。

「里景さまのご容体は、いかがでしょうか」

「朝と夕刻、お医者さまがお見えになられ、疵はどうやらふさがり、血はとまっている。このまま安静にしておれば、大丈夫であろうと、仰《おっしゃ》っておられました」

「里景さまは、もうお休みですか」

「いえ。里景さまは唐木さまの身を案じられ、まだ起きていらっしゃいます。じつは今夕、ご城下では大変な騒ぎが起き、事態は容易ならぬところにきておるようでございます。まずは里景さまにお顔を見せられ、安心していただき、それからお夜食を召しあがって、ひと休みなさってください。その折りに、今宵ご城下で何があったかお話しいたします。とも角、支度を急いで調《ととの》えさせます」

「仁左衛門さん、夜食はあとで馳走になります」

市兵衛は仁左衛門に、店の間から廊下をゆきながら言った。

「里景さまに急いでお見せしたいものがあるのです。胡風先生の無実を証《あか》す、証拠になるはずです。仁左衛門さんにも、見ていただきたい」

「おお、胡風先生の無実を証す証拠を、でございますか。それはありがたい。暗闇に光明を見る思いがいたします。ありがとうございます」

仁左衛門が驚きの声をあげた。

「しかし、急がねばなりません。今日の昼間、東妻沼村で胡風庵のお八枝さんが役人に捕縛されて引きたてられていくところを、偶然見かけました。お八枝さんにも厳しい詮議が行なわれるのではないかと、心配です。ご城下の大変な騒ぎとは、お八枝さんの捕縛とかかわりがあるのでしょうか」

「はい、そうなのでございます。お上は、どこまで非道な手だてに出るのでございましょう。胡風先生のみならず、お八枝さんにまで責め問をいたしたのです」

「お八枝さんに、責め問をですか」

「里景さま、唐木さまがお戻りになられました」

仁左衛門は廊下に跪《ひざまず》いて、里景の休んでいる部屋の襖ごしに声をかけた。

襖を引くと、布団《ふとん》の中で上体を起こした里景が、廊下の市兵衛を見つめた。布団の傍らに正助が坐っていた。正助は顔中に笑みを浮かべ、

「市兵衛さん、お戻りなされませ」

と、甲高い声で言った。

「どうぞ、どうぞ唐木さん、お入りください。無事でよかった」

里景は、今にも泣きそうになった。

「ただ今、戻りました」

市兵衛は部屋に入り、手をついた。

「唐木さん、ご苦労でございました。いかがでしたか」

里景は、切迫した事態への不安を隠し、穏やかに訊いた。

しかし市兵衛は、いきなり里景の枕元に進み、懐より手控帖をとり出した。

「里景さま、これをご覧ください」

手垢と血の跡のにじんだ手控帖を、里景に差し出した。

「これは？」

里景は訝しげに手にとった。

「はい。今月初め、今井村にて斬殺された御公儀御鳥見役の所持していた手控帖でございます。御鳥見役は東妻沼村に逗留いたし、調べた事柄をこの手控帖に書き留めておりました」

それを持っていたのは捨蔵という番太であり、捨蔵が持っていた事情は……と、捨蔵よりわたされた子細を語ると、里景は、手控帖の紙面を繰っては戻り繰っては戻りして読み進めた。

一方、市兵衛は仁左衛門より、ご城下の騒ぎの一部始終を聞かされた。

ご家老の命令で、胡風庵の八枝を捕縛する役人が東妻沼村に差し遣わされた知らせは、昼前、儒者師範役の林清明によって家中の胡風の門弟へ伝えられた。

その知らせが岡本屋に届いたとき、前夜、江戸の奥方より胡風救出の密かな使命を受け帰郷した俳人・芦穂里景が、東妻沼村より忍田城下に戻る途中、軍事方と思われる者らに襲われ重い手疵を負った一件が、門弟らに触れられた。

今朝になっての八枝の捕縛命令と昨夜の里景襲撃は、いずれも胡風に鳥見役斬殺の罪を着せ、一件を強引に落着させる家老と用人の差金であることは明らかである。

家老と用人が胡風を葬《ほうむ》るために、そこまで強硬な手段に出た以上は、もはや猶《ゆう》予《よ》はならぬ事態であり、徒《いたずら》に協議にときを費やしている間はない、決起もやむなし、と門弟らは決断するにいたった。

夕刻六ツ（午後六時頃）、八軒口門外の清善寺に会同し、胡風と八枝の救出にたちあがるひそかな呼びかけが、門弟らの間に触れ廻された。

清善寺に集まった門弟らは二手に分かれ、今宵夜半、一手は新店の牢屋を急襲して胡風と八枝を救出し、一手は家老の屋敷を襲い、家老と刺し違える覚悟で事態の真実を明らかにすることを迫る、という策だった。

たとえ事が成らず捕えられたとしても、騒ぎは江戸の殿に伝わり、自分たちにも弁明の機会が与えられるはずである。そのときはそれに懸けようと、門弟らは悲壮な覚悟を決めていた。

町民である岡本屋の仁左衛門には、決起のことは伝わっていなかった。清善寺において、急遽、会合が持たれるという知らせが廻ってきただけだった。

だが、もしかして、という思いが兆し、そのときは自分もと、仁左衛門は道中差しを帯びて清善寺へ向かった。

道中差しなど、手入れ以外に抜いたことはなかった。ましてや斬り合いをしたこともない。どれほどの働きもできないだろうが、だとしても、ご家中の門弟らが身を賭して行動を起こしたとき、町民とは言え、それをただ見守っているわけにはいかなかった。

胡風の門弟として、自分もともに立ちあがるしかあるまい、と思った。

里景の看病で刻限より少々遅れて岡本屋を出たとき、まだ雪にはなっていなかった。風雨の中を八軒口まで差しかかると、清善寺をとり巻いた捕り方の突入が始まったのだった。

胡風が御公儀御鳥見役斬殺の罪を認めたこと、また、清善寺に集まった門弟らがことごとく捕縛され、多くが疵を負い、二人の侍が斬られて落命したとわかったのは、それから一刻後だった。

同時に、林清明ら、家中の胡風を師と仰ぐ家士らにも、蟄居《ちつきょ》の命令がくだった知らせももたらされた。

胡風の門弟や、家中の胡風一派への厳しい追及が始まったのである。

「おそらく、今夜でなければ遅くとも明日中には、この岡本屋にもなんらかのお咎めが、くだされますでしょう。家の者には、とり乱さぬようにと申し伝えておりますが、どうなりますことやら。岡本屋も、店を仕舞わねばならぬときが、きたようでございます」

仁左衛門は、平静な様子を装《よそお》っていた。

すると、里景が言った。

「仁左衛門さん、そのようなことにはなりません。なってはいけないことですから。これをご覧になってください」

里景が手控帖を仁左衛門に差し出した。「拝見いたします」と、受けとった仁左衛門は、早速、それを開いて読み始めた。

公儀鳥見役・大葉桑次郎の手控帖には、弥藤五忍田を結ぶ脇往還の継立場で、近年、六斎市もたつ在郷町となりつつある東妻沼村を中心に、近在十五ヵ村の全戸数と余業に従事する者の総数が記載されていた。

《十五ヵ村の総戸数一千一百四十三戸に対し、余業従事者、すなわち、農民の身分は変わらぬまま実情において商人や職人、風俗業を渡世にする者三百十三名》

と記載が並び、次いで、

《東妻沼村が総戸数一百二十七戸に対し、余業に従事する者、六十八名。東妻沼村はほかの村より余業に従事する者の割合は多く、五割余に達し、熊谷宿新田郡の脇往還の継立場の妻沼村と比べ、妻沼村は総戸数二百十六戸に対し余業に従事

する者一百九名、ほぼ同じ割合にて……》

などと続いた。

さらに、風俗業を渡世とする六業種、居酒屋、髪結、湯屋、煮売屋、大小拵《こしら》え砥屋、腰物類売買、の者は、何村誰、年齢、女房子供親、渡世を始めた年月などをつぶさに記し、質屋については、別の枠で特別な記載がされていた。

そして、余業を商《あきな》い渡世、諸職人の渡世にわけ、小間物荒物、穀物商、呉服太《ふと》物《もの》、古着紙屑、傘屋、薬種、下駄足駄《げたあしだ》、などの商い、大工、桶屋、左官、瓦師、石工、鳶《とび》、建具、畳、指物師《さしものし》、などの職種と、携《たずさ》わる人数が一覧になっていた。

仁左衛門は手控帖より顔をあげ、里景から市兵衛へ顔を向けた。

「さすがは御鳥見役、細かく調べあげた念の入った仕事でございます。あの寂しい継立場にすぎなかった東妻沼村の街道筋に、いつの間にか、これだけの店が軒を並べていたのでございますね。まるで、宿場のようです。しかし、里景さまは御鳥見役が今井村で襲われたことと、この手控帖とのかかわりを、どのようにお考えなのでございますか」

里景は仁左衛門にゆっくりと頷き、そして市兵衛へ向いた。

「唐木さん、御鳥見役は、胡風の御公儀の政に異を唱え、御公儀にそむく考えや教えを隠密に探っていたのではないことを、この手控帖は明かしています。胡風庵の動向を隠密に探っていた御鳥見役を、胡風が門弟らと襲ったという口実は、この手控帖で、でっちあげられたことが明らかです。胡風に罪なきことを、これで証せます。本当に、ありがとう」

里景は頭を垂れた。

「唐木さん、仁左衛門さん。番太の捨蔵が言ったように、軍事方の侍たちが、御公儀の御鳥見役を襲い、昨夜《ゆうべ》はわたしたちを襲い、罪なき胡風に罪を着せた挙句に、胡風の妻のお八枝さんまで捕縛した。その狙いの背後にご家老とご用人の差金があったとすれば、一体、何を目《もく》ろんでご家老さまとご用人さまはそのようなあやういふる舞いにおよんだのか、疑いはあってもどうしても腑に落ちなかったことが、この手控帖のお陰で腑に落ちました。唐木さんは、もしかしたら、もうお察しなのではありませんか」

「里景さまより、昨夜、お聞きいたしました。ご家老さまとご用人さまが、六斎市の仲間に便宜を図る見かえりに法外な賂《まいない》を手にし、運上金《うんじょうきん》や冥加金《みょうがきん》の高を、ご自分たちの裁量で決めて、そこから生まれた余剰金を、気心を通じた在郷商人らに運用させ、貸しつけ、江戸の為替相場、米相場につぎこんでおられること。ご家老が利根川沿いの別邸を独断で建てられ、お殿さまのお行列のように供侍やお女中方を多数従え、奥方、お子方の黒塗りのお乗物を連《つら》ねて別邸へしばしばお出かけになるふる舞い。のみならず、ご家老とご用人のお指図で高価な書画骨董をお家の勘定で買い集め、それをご自分らの物にして蓄財に励んでおられる疑い。御公儀御鳥見役殺害より始まったこの一件は、ご家老とご用人が、手にしてこられたそれらの利得、裏で動く賂、ほしいままの奢侈《しゃし》、そして、忍田領国の政を思うがままにできる役得を守るために、くわだてられたのでございます」

里景は黙って静かに頷き、市兵衛はなおも言った。

「御公儀は寛政以来、農民の余業を抑制し、農民は農業を専一にし、殊《こと》に米作りを専らにすべしという御改革を推し進めております。御鳥見役の報告によって、御公儀より御改革に反する阿部家の政に対して懸念《けねん》が示され、ご家老とご用人は、ご自分たちの任が解かれる事態を恐れたのでございます。御鳥見役が東妻沼村の農民の余業を詳細に調べあげ、御公儀に報告いたしたとしても、東妻沼村が在郷町として盛んになっていく実情をとめることはできません。しかしながら、それを推し進めてこられたご家老とご用人の任を解くことによって、御改革に恭順の意を示す形を見せることはできます。ご家老とご用人は、ご執政役の任を解かれ、これまで手にしてこられた利得と役得のすべてを失う事態を、恐れられたのでございます。ご家老とご用人のお指図を受け、御鳥見役襲撃を行なったのは、阿部家軍事方師範役の穴山源流とその配下の方々でございます」

仁左衛門が、物憂げに呟《つぶや》いた。

「そうなので、ございますね。しかし、そのために御鳥見役を襲撃するとは、あまりにあやういふる舞い、暴挙に思われます。ましてや、ご自分たちの犯した罪を胡風先生に着せたうえ、お八枝さまや門弟の方々をことごとく捕え、宗匠までもなき者にしようと謀《はか》るなど、非道きわまれりと申さざるを得ません。ご家老さまやご用人さまの重きお役目に就《つ》かれるほどの方々が、どうしてそこまで、ひどいふる舞いができるのでしょうか」

「番太の捨蔵が、お上のやることはとんと呑みこめねえ、と申しておりました。わたしも捨蔵に同感です。何が人を、そこまで愚かで無謀なふる舞いに駆りたてるのか、不思議にすら思われます。法外な利得や役得にひたり、その味をしめた者は、自分を顧みる思慮や謙虚さを失い、おそらくは、御鳥見役ごときの命など、とるに足らぬ、ひねり潰《つぶ》し消し去ってなんの差しつかえもない、小さな虫けらほどの値打ちしかないもの、という考えにとり憑《つ》かれたのでございます」

市兵衛は、里景へ向きなおった。

「ですが、愚かではあっても、とり憑かれた者は必死です。御鳥見役の始末を一気につけて事態の収拾を図るため、胡風先生の打ち首を急ぐと思われます。一刻も早く手控帖を江戸の奥方さまにお見せいたし、事情をつまびらかにしたうえで、胡風先生の打ち首を、とめていただかねばなりません」

里景は、「はい……」と力なく頷いた。

「里景さまの添状をいただき、わたしがひとりで江戸へ戻って、奥方さまにお目通りをお願いいたします。わたしが、里景さまのお役目を代わって果たしてまいります。何とぞお心安らかに。明日朝、夜明け前にこちらを発ちます。役目が済み次第、お迎えにあがりますゆえ、それまではこちらで疵のご養生《ようじょう》を……」

里景は、また静かに頷いた。

市兵衛に何もかえさず、沈黙を守っていた。

「宗匠、岡本屋仁左衛門、何があろうとも宗匠をお守りいたしますゆえ、お心おきなくご養生にお励みくださいませ。唐木さまにお任せいたしましょう」

それにも里景はこたえなかった。

市兵衛が岡本屋に戻ってから、四半刻余がすぎていた。

陶《とう》の火鉢に炭火が熾《おこ》り、かなわにかけた鉄瓶《てつびん》が湯気をゆらめかせている。

寝静まった岡本屋の店は、屋根も庭も表の通りも、降りしきる雪にすっぽりと埋めつくされ、凍《い》てつくような静寂に包まれていた。

気がつくと、一日中吹き荒れていた風は収まっていて、白い雪ばかりが深々と降り続けているのであった。

町の遠くで犬の長吠えが聞こえ、二つ三つと続き、静寂の中に溶けて消えた。

市兵衛が戻ったときは元気だった正助は、眠気に逆らえず、里景の布団にもぐりこみ、里景の膝にすがって寝息をたてていた。

「正助さんは、いつの間にか宗匠のお膝を枕代わりにしてしまわれましたね。寝間のほうへ連れてまいりましょう」

すると、里景は仁左衛門を止めた。

「いいのです。もう少しこのまま寝かせておいてやりましょう。この子はこの子なりに、わたしの身を気遣ってくれております。わたしには、妻も子もおりません。この子がわたしに父親のように甘えてくるのが、案外、楽しいのです。父親とは、こういうものかと思いましてね」

里景は正助の肩をなでながら、市兵衛に言った。

「そうだ。唐木さん、庭の板戸を開けていただけませんか。少し、寒気にあたりたいのです」

「よろしいのですか」

「お願いします。風がやんでおるようですし、雪の様子を見て……」

里景は市兵衛へ微笑《ほほえ》んだ。

市兵衛は部屋の腰障子を両開きにし、縁側の板戸を半ばまで引いた。

刺すような寒気が音もなく忍び入った。寒気は、炭火に暖められた部屋の中を走り廻るように流れた。

庭は夜の帳《とばり》に閉ざされ、敷《し》きつめられた雪を行灯の薄明かりが映した。

風は止んでいて、漆黒の夜空より舞いおりてくる白い雪だけが見えた。

旅の宿明日は野にたつ枯れ木かな

里景は戯《たわむ》れるように詠《よ》んだ。

市兵衛は、雪の庭から、里景と仁左衛門、布団にくるまる正助へ見かえった。

火鉢にかかる鉄瓶が、湯気をたてている。

「わたしも明日朝、発ちます。唐木さん、お供をお願いいたします」

市兵衛はこたえなかった。

驚いたのは仁左衛門だった。

「ええっ、何を仰います。そのお身体では無理でございます。お医者さまが申されたではございませんか。安静にしていれば大丈夫だと。明日発つなど、とんでもございません。お命にかかわります。なりません、宗匠」

「仁左衛門さん、ご心配をおかけします。しかし、枯れ木が役だつこともございます。役だつときに役だって消えるなら、それも本望でございます。唐木さん、そう思われませんか」

里景の微笑みと仁左衛門の驚きの顔が、縁側の市兵衛に向けられた。

市兵衛はこたえなかった。

「仁左衛門さん、駕籠《かご》を頼んでいただけませんか。たとえ雪が降っていても、明日夜明け前にこちらを発ち、五宿を駆け通して、明日の夕刻までに戸田の渡しまでお頼みしたい。駕籠かきは、交替の者を含めて五人は要《い》るでしょう。酒手を望むままにと伝えてください」

「無理です。宗匠、いけません」

仁左衛門が厳しく言った。

しかし市兵衛は、それでも黙っていた。


忍田町中町から雪化粧をした大通りを下町へとり、長野口《ながの》へ折れる手前の小路を入った先に善徳寺がある。

雪は、茅葺屋根の善徳寺山門にも境内の木々や本殿や鐘楼にも降りつもり、夜が凍てつくときを刻んでいた。

その山門の脇門をくぐり、菅笠に紙合羽を着けた三人の男らが、善徳寺境内を僧房へと向かった。明かりも持たぬ三人の、先に立つのが軍事方師範役の穴山源流、続いて猪狩俊平と幡厚貞であった。

三人が境内に残した足跡を、降りしきる雪が素早く消し去った。

板戸を引いて僧房の土間に入ると、菅笠と紙合羽をとり、勝手を知ったふうに奥へ通った。

住持の量慶と石立壇之助のいる部屋は、わかっていた。

暗がりの先の腰障子に明かりが映り、黒ずんだ板廊下を薄らと光らせていた。

部屋の腰障子に、三つの人影が映っていた。

「量慶、入るぞ」

穴山が影へ声をかけた。

「お待ちしておりました」

量慶の低い声がかえってきた。

部屋は量慶の居室と寝間をかねていて、僧房の一室ながら、囲炉裏が切られていた。囲炉裏には炭火が熾り、かなわの湯鍋で徳利を燗《かん》にして、量慶と石立ともうひとりが、囲炉裏を囲んで燗酒を舐めていた。

部屋は干し魚の炙《あぶ》った臭いと、燗酒の臭いが、むっとするほどこもっていた。

頬に赤いひと筋の疵のある量慶に、月代《さかやき》が薄らとのび、無精髭に荒《すさ》んだ目つきの石立、それにもうひとり、腰切の上半衣に、股引黒足袋の赤黒く日に焼けた男が、種子島《たねがしま》を膝において杯を手にしていた。

「雪の中を戻り、この一杯をやってやっと身体が温まったところです。どうぞ、坐って一杯やってください。酒はたっぷりありますでな」

量慶は、囲炉裏を囲んだ穴山らの前に碗をおいた。石立が酒をついで廻った。

穴山と猪狩と幡は、種子島を膝においた山着風体の男から目を離さず、燗酒をひと口舐めた。穴山は碗を持つ手を止め、

「この男か」

と、量慶に訊いた。

種子島は黙りこくって、碗をすすっている。

「五郎次《ごろうじ》です。もともとは武家らしいが、祖父《じい》さんの代に上州《じょうしゅう》の猟師になった。博奕《ばくち》が好きで借金を拵え、上州にいられなくなり、忍田に流れてきた男です。種子島だけは筵《むしろ》にくるんで手放さなかったそうで、百間（約一八〇メートル）離れた的もはずさねえ。金のためなら、あぶない橋を平気で渡る男です。あの唐木市兵衛とかいう痩せ浪人の土手っ腹に、五郎次が弾を撃ちこんでくれますぜ」

量慶が笑った。

「岡本屋には見張りをつけている。里景らはぐずぐずしていまい。夜明け前に必ず出立するだろう。里景らが岡本屋を出たら、知らせが入る。われらもすぐに追いかける。量慶らには、唐木市兵衛を任せる。われら三人は、里景を追いかけ、始末する。可哀想だが、従者の子供も逃がすわけにはいかん」

穴山は、ご用人の中曾木幹蔵より、手控帖を必ず奪え、と厳命されている。

「手控帖が奥方さまの手にわたれば、われらの身は破滅ぞ」

手控帖の存在を知って、中曾木は顔面蒼白になって言った。

「やっかいな唐木はわれらに任せ、穴山さんらは寄ってたかって、じじいと子供の首をひねるのですな。そいつは大仕事だ」

量慶が頬の疵をなでつつ言い、石立と一緒になって甲高い笑い声をたてた。

五郎次は、むっつりとして穴山ら三人を見廻している。

「おぬしらは、金をもらって人を斬るだけが仕事だろう。おぬしらに言うてもわからぬ役目が、われらにはあるのだ。務めを果たし、稼ぎを手にするがよい」

穴山はあしらうように言った。

「承《うけたまわ》って候《そうろう》」

量慶が戯れ、石立がまた笑い、碗を勢いよくあおった。

「量慶、石立、そんなに呑んで大丈夫なのか。夜明け前まで大してときはない。酔いを覚ましている暇はないのだぞ」

猪狩が、苛《いら》だちを隠さなかった。

「そうだ。油断していると、またやられるぞ」

幡が言い添えた。

「この雪の中、凍えた身体では満足な働きができんのです。これぐらい呑んでいたほうが、ちょうどいい。猪狩さん、幡さん、大丈夫。お任せください。あの痩せ浪人はわれらが斬り刻んでやりますとも。なあ、壇之助」

「ああ、斬り刻んでやるさ。われらには五郎次がついておる」

「雪が降っている。火縄は大丈夫か」

猪狩が言った。

「雪だろうが雨だろうが、山へ入《へえ》れば猟をする。それが猟師だでよ」

「頼もしい。五郎次、頼むぞ」

石立が五郎次に燗酒をついだ。

「いいとも」

五郎次は碗をあおった。そして、

「銭っ子次第《しでえ》だがな」

と、真顔でつけ足した。

七

幸い、夜明け前に雪は止み、夜空に星がまたたいた。

駕籠が岡本屋の店表にきたのは、朝の七ツ（午前四時頃）前だった。

駕籠は、春慶塗《しゅんけいぬり》をほどこして三方にすだれ窓のある宝泉寺《ほうせんじ》駕籠だった。富豪の町民が使う駕籠で、疵ついた里景の身を案じ、仁左衛門が手配した。

だが駕籠舁《か》きは、五人ではなく三人だった。

「いきなりだったもんで、三人をそろえるだけでもひと苦労でやした。なあに、戸田の渡しまで、夕刻までにひとっ走りに走って見せやすぜ」

と、兄き分の駕籠舁きは言った。

岡本屋の店の前に、仁左衛門と女房を始め、番頭の三四郎、使用人らが総出で、里景と正助、そして市兵衛を見守っている。

仁左衛門が目を潤ませ、里景に言った。

「里景さま、無事お役目を果たされますよう、お祈り申しております。何とぞ、胡風先生をお助けください」

「必ず、果たして見せますとも。仁左衛門さん、本当にお世話になりました。仁左衛門さんのお志は、必ず、奥方さまにお伝えいたします」

「正助さん、里景さまのお世話を、お願いいたしますよ」

「お任せください。旦那さまはわたしがお守りいたします」

正助は甲高い声を雪の大通りに響かせた。

駕籠には、里景と正助が乗った。

「唐木さま、どうかお気をつけて」

仁左衛門らが深々と辞宜《じぎ》をして、駕籠を見送った。

二人が轅《ながえ》の前棒と後棒を担ぎ、提灯をさげたひとりが前棒の先の綱を牽《ひ》いて、急ぎ駕籠を先導してゆく。

岡本屋の前の仁左衛門らの姿は、まだ暗い通りにたちまち見えなくなった。

市兵衛は駕籠のわきにつき、足早に歩んだ。

扮装は、きたときと同じ、菅笠に袷《あわせ》の紺羽織を縹《はなだ》色の小袖の上に羽織り、鈍色《にび》の袴の股立ちをとって、肩にはふり分け荷物をかけていた。

凍った雪が、歩むたびに草鞋の下で割れた。

しかし、やわらかい雪道より凍りついていたほうが急ぎやすかった。

ほいさ、えいさ、とかけ声に合わせて、駕籠昇きは白い息を吐いた。忍田の町はまだ寝静まり、家並みの影が通りの両側にぼんやりと続いている。

ほいさ、えいさ……

駕籠昇きのかけ声に、駕籠が調子をそろえるように軋《きし》んでいた。

すだれ窓をあげ、正助が顔をのぞかせた。市兵衛を見あげた正助は、市兵衛と目を合わせて、駕籠に乗るのが面白そうに笑った。

忍田町の高札場のある札の辻を荒町へ折れ、荒町を抜け、八軒口の板橋を渡った。八軒口門外の、天満組屋敷の往来を右へ折れる通りの先に、星空を背にした清善寺の御堂の屋根影を横目に眺めつつ三丁（約三二七メートル）ほどすぎゆき、もうひとつ橋を渡ると、佐間村の天満宮で、佐間村の三軒屋は、まだ先である。

三軒屋から中山道北鴻巣の追分《おいわけ》まで、二里《り》（約八キロ）余。追分から一路、江戸を目指す。

三軒屋が近づくにつれ、前方の東の空の果てに、白い帯のような明るみが兆し始めた。

気がつくと、夜空は青味を帯びて、星のまたたきはかすんでいた。

道の両側の野辺の、一面に覆った雪が、薄らと白く浮かびあがっていた。

一面の野辺は、夜明けを迎えようとしていた。だが、駕籠のゆく手をさえぎるかのように、痛いほどの寒気が肌を刺した。

市兵衛がそれに気づいたのは、三軒屋の茶屋が見えてきたときだった。

驚きはなく、やはりきたか、と思った。

こぬはずはない、と覚悟をしていた事態だった。

三軒屋から、どれが道かとも見分けのつかない雪の原が、はるばると広がっている。ただ、雪に埋もれた田畑らしき彼方に、百姓家や木々が、所どころに見えるばかりである。

飛び交う幾羽もの鳥影が、百姓家を覆う白みゆく空に見え、烏《からす》の鳴き声が聞こえてきた。

空は急速に白みを増していたが、三軒屋の茶屋はまだ板戸を閉じ、起き出してはいなかった。

駕籠舁きがかけ声をかけ、雪道を鳴らして三軒屋の茶屋が並ぶ前をすぎ、葉を落とした柿の木と、木の下に石地蔵のたつ分かれ道にきた。

雪に隠れて分かれ道は見えず、牓示代わりの柿の木と石地蔵が雪をかぶっているばかりである。

分かれ道を下忍の縄手を南へ南へととれば、中山道の北鴻巣の追分に出る。

柿の木の下まできたとき、「とまってくれ」と、市兵衛は駕籠を止めた。

「里景さま……」

市兵衛は駕籠のわきに跪いた。

すだれ窓があげられ、里景が穏やかな顔を見せた。里景の隣に、正助の小さな顔が好奇心を募らせのぞいていた。

「唐木さん、何かございましたか」

「疵の具合は、いかがでしょうか」

「大丈夫ですよ。これならまったく、障《さわ》りはありません」

「どうやら、このお駕籠を追ってくる者がおります。ひとりではありません。一昨日の夜、里景さまを襲った者らと思われます。おそらく、御鳥見役の手控帖のことが、ご家老やご用人にすでに知られているのです」

里景は顔を曇らせて頷き、正助も唇をひと筋に結んで頷いた。

「わたしはこの先で追手を待ち受け、討ち果たすつもりです。わたしにはかまわず、急ぎ追分に出て、江戸を目指してください。追手を討ち果たしたのち、お駕籠に追いつき、江戸まで必ずお供をいたします。何とぞ、ご懸念なく」

「そうですか。唐木さんのお指図に従います。唐木さんが追いついてくださるのを、お待ちしておりますよ」

「市兵衛さん、お待ちしています。その荷をお預かりします」

正助が声をはずませた。

「頼む」

と荷を預け、市兵衛は立ちあがった。

「わたしはここでしなければならない用がある。北鴻巣の追分に出て、中山道を江戸だ。道はわかるな。何があっても決してとまらず、ふりかえらず、ひたすら急いでくれ。何があってもだぞ」

三人の駕籠舁きに言った。

「承知しやした。いくぜ」

寒気に顔を火照らせた兄き分が轅の綱を牽き、ほいさ、えいさ、とかけ声とともに、駕籠は再び雪道を走り始めた。

市兵衛は柿の木の下に佇み、ほいさ、えいさ、のかけ声がかすんでゆき、縄手の彼方に駕籠が豆粒のように小さくなっていくのを見守った。

朝焼けの赤い帯が、白んだ東の空の果てを染め始めた。

間もなく、雪の田野に天道がのぼる。

市兵衛は身をひるがえした。身体を半身にし、三軒屋のほうを見守った。三軒屋の茶屋で、板戸を開けている人の様子が見えた。

すると、四人、続いて三人、と七人の男らが茶屋をすぎた道に現われた。男らは雪道を小走りになって急いでいた。

前の四人は菅笠をかぶり、羽織袴に両刀を帯びた侍風体だった。

後ろの三人のひとりは手拭《てぬぐい》で頬かむりをし、笠をかぶらぬもうひとりとともに見覚えがある。二人は着物を尻端折りにして、股引に草鞋の町民風体ながら、腰に二刀を差している。ひとりは量慶、ひとりは石立だった。

その二人に挟まれ、綿入れのような山着を着け、股引を穿き、編笠《あみがさ》をかぶった男が、手に種子島を携えていた。猟師の風体に見えた。

男たちは、柿の木の下に佇み、景色に溶けこんだ市兵衛に気づかなかった。十間（約一八メートル）ほど手前まできて、初めて気づいた。

男らは、驚いて立ち止まり、市兵衛を睨んだ。

荒々しく白い息を吐いている。

先頭の男が、市兵衛に険しい声を投げた。

「おぬし、唐木市兵衛か」

市兵衛は、左右の者らに見覚えがあった。

軍事方の猪狩俊平と幡厚貞、と思われた。徳崎弁次郎は、星川に架かる桁橋で市兵衛が手疵を負わせ、星川に転落してここにはいない。

その後ろについている四人目は、里景と林清明に従い、胡風を牢屋に訪ねた最初の夜、里景と林清明を胡風の獄舎へ導いた半田余助という番士だ。

すると、三人を従えるこの男が軍事方師範役の穴山源流に違いなかった。

「阿部家軍事方師範役の、穴山源流どのだな」

いきなり名指しされた穴山は、一瞬、逡巡を見せた。

「そちらの方々は、どちらかが猪狩俊平どの、一方は幡厚貞どの。そして、後ろの半田余助どのは、先夜、牢屋でお会いいたしたな。胡風先生の獄舎へ里景さまと林さまを導かれた。牢屋の番士の半田どのが、何かご用か。この無頼な方々の仲間などになって、番士の務めはよろしいのか」

半田は、明らかにうろたえていた。

「穴山さま、里景の駕籠があそこに」

猪狩が、はるか彼方の雪の原に、ぽつん、と黒い豆粒のように見える里景の駕籠を指差した。

「ふむ。急げ」

穴山が左右に命じた。

「里景さまのお駕籠に無礼は許さぬぞ。用はわたしが承る」

市兵衛は羽織の裾を払い、素早く抜刀した。

七人の男らへ半身の八相《はっそう》に身がまえ、八相からゆるやかに下段へ刀をおろし、かまえを変えた。

「邪魔な男だ。やれ」

穴山と三人の男らが左右に開いた。

四人に代わって、量慶と石立と、二人に挟まれた種子島が進み出た。

種子島の火縄に白い煙があがっている。

「おお、おぬしは善徳寺の住持・量慶どの。その頰かむりは一昨日と同じだな。頰の疵はもういいのか」

市兵衛が言うと、量慶の頰かむりが嘲笑うかのように歪んだ。

「そちらは、十人扶持無役の石立壇之助どのか。一昨夜は見事に星川に飛びこんで身を躱されたが、さぞかし寒かったろう」

量慶が抜刀の体勢で柄をにぎり、石立は薄笑いを浮かべて抜き放った。

「五郎次、やれ」

石立が言った。

種子島を空へ向け、量慶と石立の間から進み出た五郎次が、片足を一歩前へ出し、種子島をかまえた。撃鉄はすでに起きている。

編笠の下から、五郎次の目が、八、九間（約一五、六メートル）ほど離れた市兵衛を見据え、銃口が黒い口を見せていた。

火縄の煙をくゆらしつつ、五郎次は一度、首をもみほぐすように軽く曲げた。

五郎次の白い息が消え、呼吸を止めたのが知れた。

刹那《せつな》の間だった。

撃鉄が落ちるより先に、市兵衛の身体は柿の木陰へ躍った。羽織の裾がひるがえり、雪を蹴散らしながらひと回転した。

五郎次は、市兵衛の動きを認めた。だが、引き金を止められなかった。

撃鉄が落ち、火皿に着火した火薬が凄《すさ》まじい火を噴き、田野に乾いた轟音《ごうおん》を走らせた。だが、わずかにぶれた銃口より放たれた弾は、ひるがえった羽織の裾を貫き、空に鋭い擦過音をたてた。

五郎次は舌打ちし、片膝をつき、火薬と弾をこめなおしにかかった。

量慶と石立は、即座に、柿の木と石地蔵が並ぶ道端へ横転した市兵衛へ、まっしぐらに突進した。

咄嗟に、市兵衛は片膝立ちに体勢をなおした。そこへ量慶が先に肉薄して、斬りかかった。

「あいやあっ」

抜刀と同時に叫び、袈裟懸が浴びせられた。

市兵衛は、半間（約九〇センチ）足らずを横へ飛び退いた。

袈裟懸は空にうなり、市兵衛の菅笠を割り、ほつれた毛先を断った。

しかし、飛び退き様に量慶の脇へ打ちこんだ一閃は、量慶のあばら骨を砕いていた。

量慶が身を反らせ、身体をひと回転させて苦悶の絶叫をあげたのは、そのあとだった。

ひと回転した身体が雪の上へ横転し、凍った雪を潰し、血痕を残しつつ激しく身悶えた。

そのとき、石立は市兵衛のかまえが整う前を逃がさなかった。

石立の躍りあがった上段からの一撃が襲いかかり、市兵衛はぎりぎりのところで身体を沈めた。

その肩先を、白刃は鋭くかすめた。

勢いが余った石立の刀が石地蔵を打った。

刀は悲鳴を発して半ばで折れ、折れた刀身が風車のように飛んでゆく。

身体が流れてゆくところを、石立は一歩を踏み出し堪えた。沈めた身体を即座に起こした市兵衛も一歩、踏みこんで、肩から石立の懐へ飛びこんだ。

そこで、二つの身体が激しく衝突した。

二つの身体は一瞬止まった。

石立は懐に入った市兵衛の背中を、柄で虚しく打った。

しかし、そのとき市兵衛は、石立の腹に刃を咬ませ、なで斬るように深々と食いこませていた。

石立は苦しげに喘ぎ、血を吐きながら呟きこんだ。そして、力なく市兵衛に凭れかかった。

次の瞬間、市兵衛は石立の身体を突き動かし、弾をこめ終えた五郎次目指して突進した。石立に押しかえす力は、もうなかった。

石立の身体に隠れて、市兵衛は五郎次へ急速に迫った。

五郎次は狙いをつけられず、慌てた。

だらだらと後退したが、両者の間はたちまち縮まった。

五郎次は踏みとどまり、背中を向けた石立の陰から見える市兵衛の菅笠に狙いを定め、怒声を投げつけた。

「壇之助、どけえっ」

すると、石立の身体が枯れ木のように持ちあがった。そして、五郎次目がけて突き飛ばされたかのように倒れこんできた。

そのため、束の間、狙いを定めた市兵衛の菅笠を見失った。

五郎次は戸惑った。

石立が雪上に仰のけに倒れ、妨げになる石立の身体が目の前から消えたが、市兵衛の姿も消えていた。

市兵衛はいなかった。眼前に倒れた石立と、向こうの柿の木の傍らの、雪の野に横たわる量慶が見えた。狙いを定めた銃口が、左右にぶれた。

何も考えず、横へ向きなおった一瞬、すぐ横にいた市兵衛と目が合った。

だが、銃口は野の彼方へ向いたままだった。

「くそっ」

五郎次は慌てた。

銃口を向けたが、種子島の銃身を撥ねあげられ、同時に撃鉄が落ちた。

火縄が火皿に着火し、火薬が吠え、轟音とともに真っ赤な火を噴いた。烈火に包まれた弾が、市兵衛のかぶる菅笠をばらばらに吹き飛ばした。刹那、市兵衛の袈裟懸が五郎次のずんぐりした身体を真っ二つにした。

虚しい叫びはすぐに消え、五郎次は血を噴きながらくずれ落ちた。

三軒屋の茶屋・成田屋の亭主は、すぐ近くの田野に乾いた二発目の銃声を聞き、寝間着に綿入れの半纏を羽織って表へ走り出た。表の板戸を開けていた使用人の婢《はしため》が、手を止めて田野の彼方を呆然と見守っていた。

「なんだい、今のは」

婢に訊くと、婢があれをというふうに指差した。

婢の指差した方角に目をやると、一面に純白の雪を敷きつめた田野の彼方に、ひとつ、その前方にひとつ、さらにまたその前方にひとつ、いやこれは二つの人影が、南の下忍のほうへ駆けていくのが見えたのだった。

そして、それらの小さな人影よりもっと小さな、何かもわからぬ黒い影がずっと彼方に認められ、四つの人影はその黒い影を目指して、雪の田野を疾駆しているかに思われた。

「おお？」

思わず亭主は、訝しげな声をあげた。

「旦那さま、ほらあそこを、見ろ」

婢が亭主に、三軒屋の分かれ道にたつ石地蔵と柿の木へ指先を廻した。

分かれ道のあたりに、三体の人の身体が転がっていた。雪道に散っている血が、点々と見えた。刀も捨てられている。

「き、斬り合いがあったのかい？」

「そうだ。おらの見ている前で、恐ろしい斬り合いがあった。種子島を持った者もいたが、みんな斬られた。たった今、お侍がひとり、ご城下のほうへ逃げていったでな」

婢が怯えた声で言った。

「鉄砲か……」

亭主は下忍の田野の彼方を、再び見やった。

とそのとき、東の空の果てに天道が神々しくのぼり始め、赤々と燃える光を下忍の田野に放ったのだった。

その瞬間、雪の田野は光り輝き、いっさいの曇りを消し去ったかのような純白に覆いつくされ、照り映《は》えたのだった。

そして、神々しい光の中を小さな人影の走る様は、亭主の胸をかきたて、ゆさぶった。数刻後、亭主は郷方の役人の調べに、こうこたえた。

「はい。今日ほど美しい朝の景色を見たのは初めてでございます。人の営みの儚さと虚しさと愚かしさと、そして愛おしさを包みこんだと申しますか、なんとも言いようのない美しい朝でございました」

郷方は、血なまぐさい斬り合いが美しいと？　と首をひねった。

八

市兵衛が五郎次を倒したとき、半田余助が、「ごめんっ」とひと声叫んで、三軒屋のほうへ逃げ去っていった。

即座に、市兵衛は南の田野へ目を転じた。

里景の駕籠を、穴山、猪狩、そして幡の三人が追っていた。

市兵衛は脱兎の勢いで駆け出した。

乱戦で踏み乱した雪を蹴たて、里景の駕籠を追った。

蹴たてる雪が舞いあがり、市兵衛の周りに風が巻き起こった。風が耳元でうなり、足下では凍った雪が割れ、激しい息遣いのように鳴って飛散した。

市兵衛は、十三歳の年に奈良興福寺に入山し、剣の修行を積んでいたときの僧侶たちとともに山岳を廻る回峰行を思い出した。

風になり、風のように走り、飛び、動き、戦う。

あのとき若い市兵衛は、自由自在な風になろうとした。

風になれ、なすべきことをなせ……

走り続ける市兵衛に、若き日の市兵衛がささやきかけた。

そのとき、東の空の果てに天道がのぼった。

小さくのぞいた日は、ひと筋の光の矢を放ち、そして見る見る、巨大な光で雪の田野を包み始めたのだった。

白い雪に流れる幡の影が、西のほうへ長くなびいて見えた。

幡はいつの間にか後ろに迫っていた市兵衛に気づき、懸命に走りつつふりかえって、驚きの白い吐息を乱した。

幡の背中が、まるで立ち止まっているかのように迫ってくる。

またふりかえった幡は、すぐ背後に近づいた市兵衛に怯えを隠さなかった。吐息に悲痛な声がまじった。

顔面を引きつらせ、ひと声喚いて、踏み止まった。

雪を蹴散らし、市兵衛へ荒々しく打ちかかった。

幡の傍らを走りすぎつつ、一撃で胴を斬り抜いた。

くるくると廻りながらくずれ落ちる幡の断末魔の悲鳴に、前を走る猪狩と、さらに前をゆく穴山は、市兵衛にようやく気づかされた。

「い、猪狩、唐木を討て。やつを倒せ。芦穂はおれがやる」

穴山が喚いた。

ほいさ、えいさ、と駕籠舁きの声が聞こえていた。

穴山らは、里景の駕籠にもう十数間ほどの間まで迫っていた。

「その駕籠、待てえっ」

穴山は叫んだ。

しかし、駕籠は止まらなかった。

ほいさ、えいさ……

駕籠舁きのかけ声はさらに調子があがって、駆ける速さを増した。

猪狩はわざと速さを遅くし、誘うように市兵衛の接近を待ちかまえた。

蹴たてる雪の音を充分引き寄せたそのときを狙いすまし、ふりかえり様に一刀を見舞った。

刹那、東の空の端を離れたばかりの日の光が、猪狩の視界をふさいだ。

猪狩には、傍らを走りすぎた市兵衛の姿が見えなかった。

ただ、疾風が吹き荒《すさ》び、猪狩の刀は宙へ虚しく飛び、顔面を割られた衝撃に気が遠退き、透きとおった空を見あげてゆっくりと踊っている自分に、最期の束の間に気づいただけだった。

猪狩の傍らを走りすぎた市兵衛にも、駕籠舁きのかけ声は聞こえていた。

駕籠のすだれ窓があがり、追手の様子をうかがって、正助の顔がわずかにのぞいた。

追いかける穴山を認めてか、正助はすぐに顔を引っこめた。

穴山との十間ほどの間は、七間、五間、と確実に縮まり、穴山の激しい息遣いが白く見えた。そのとき、

「おのれ、邪魔するか……」

怒りをこめて穴山が言い放つや、雪道に足を深く踏み締《し》め反転し、今まさに肉薄する市兵衛に立ち向かった。

「これまでだっ」

渾身《こんしん》の一撃を打ち落とした。

途端、市兵衛は高々と躍りあがり、のぼったばかりの日の光を痩軀《そうく》に浴びて鮮《あざ》やかに飛翔し、穴山の頭上を軽々と飛びこえていったのだった。

その一瞬、頭上に一陣の風が走り、穴山の菅笠を吹き飛ばした。

吹き飛んだ菅笠は、舞いながら二つに割れた。

おのれ化け物、と穴山は思った。

すかさず、空を斬った一刀をかえし、頭上の市兵衛を追い、雪道に降り立った市兵衛へ再び立ち向かっていった。

市兵衛の後方に、駕籠が遠ざかっていくのが見えた。

だが、駕籠舁きのかけ声は聞こえなかった。

突然、穴山は異変に気づいた。

身体の中で何かが次々に途ぎれる音がし、不意に被膜が穴山の目をふさいだ。

被膜をぬぐった手が真っ赤な血で汚れた。

市兵衛は木だちのように、青い日を浴び、雪の田野に佇んでいた。

「この化け物、成敗してくれる」

穴山は言った。

と、不意に足がもつれた。たたらを踏んで、雪の中へ突っこんだ。これしき、と穴山は雪道を這った。這いながら、

「化け物……」

と、もう一度喚いたが、声は聞こえなかった。


ほいさ、えいさ……

駕籠舁きのかけ声が続いている。

市兵衛は、かけ声の調子に合わせ、駕籠の傍らについた。

「旦那、まだまだこれからですぜ」

先頭の綱を牽く兄き分が、駕籠のわきを、いつの間にか平然と駆ける市兵衛へふりかえって言った。

三人の駕籠舁きの身体は火照って、湯気をたて、朝日が駕籠舁きらの湯気を白く照らした。

すると、窓のすだれがそろそろとあがり、正助が顔をまたのぞかせた。

正助は、面白そうに笑っていた。そして言った。

「市兵衛さん、済みましたか」

「ふむ、済んだ」

市兵衛は、前と変わらぬ口調でこたえた。

「旦那さまは、市兵衛さんのお働きに満足しておられます」

正助はなおも言った。

「市兵衛さん、お髪が乱れていますよ」

市兵衛は正助に頷き、総髪の乱れた髪をなでつけた。

終章　春くる人

文政十年（一八二七）四月、関東八州における農間余業の実情を広範囲に調べ、かつ改革を推《お》し進めていた関八州取締出役は、四ヵ条からなる教諭書を、関東八州の村々に触れ出した。

一、乱暴狼藉《ろうぜき》をはたらく無宿者《むしゅくもの》などの捕縛《ほばく》

一、神事祭礼などの質素倹約

一、村方での芝居興行の禁止と風俗のとり締《し》まり

一、農間余業を抑制し農業を専一とすること

石高《こくだか》を国力の基《もとい》とする　政《まつりごと》　を執《と》る幕府は、農間余業が盛んになり、農村に貨幣経済の波が押し寄せることによって、米作りを中心にした自給自足の農村社会が変貌《へんぼう》していくことを恐れていた。

寛政年間から文化文政期をへて、天保《てんぽう》の改革まで、幕府は農間余業を抑制する

改革を実施してきた。関八州取締出役も、そのために設《もう》けられたのである。

しかしながら、文政から天保にかけ、関東八州の農民のおよそ三割が、農民の身分を変えることなく、在郷商人、あるいは職人になっていったのである。

貨幣経済が浸透し、農村社会が変貌していく実情を、幕府はもはや押し止めることができなかった。

文政七年（一八二四）の年が明けて、市兵衛は四十歳になった。

正月、上さま御目見《おめみ》えの旗本らも江戸城総登城し、諸大名に続いて年賀の祝儀を終えて下城したその午後、公儀十人目付役筆頭格の片岡信正は、配下の御小人目付・返弥陀ノ介《かえりみだのすけ》と、正月のささやかな酒宴を始めていた。

去年の春生まれた信之助《しんのすけ》は、二歳になった。

今はまだ這《は》い這いだが、暖かくなるころには、立って歩くようになるだろう。

つい今しがたまで、母親の佐波《さなみ》とともにこの座敷にいて、信正と弥陀ノ介の居りを這い廻っていた。

だが、そろそろ昼寝の刻限で眠くなり、佐波とともに座敷を退《さが》って、しばらく聞こえていたぐずる泣き声も止んだ。

信正と弥陀ノ介は、自ら酒を酌《く》みつつ、穏やかな正月を祝っていた。

縁側の障子戸《しょうじど》が両開きになり、庇《ひさし》にかけた軒行灯《のきあんどん》や、縁先《えんさき》の中庭の石灯籠《いしどうろう》、小さな築山《つきやま》、白い漆喰《しっくい》の土塀《どべい》ぎわの、花が咲くにはまだ寒い梅の木に、午後の日が射していた。

ほどなく、表の玄関のほうで市兵衛の声が聞こえた。

「や、市兵衛が新年のご挨拶《あいさつ》にまいりましたな」

弥陀ノ介が、太い首を廻して言った。

広く出っ張った額《ひたい》の上に、総髪を貼りつかせて小さな髷《まげ》を乗せた弥陀ノ介は、額の下の落ち窪《くぼ》んだ眼窩《がんか》の底に光る獣のような目を、ゆるませた。そして、ひしゃげた大きな鼻を震わせ、厚い大きな唇の間から、瓦《かわら》をも嚙《か》みくだきそうな白い歯をのぞかせた。

背丈は五尺《しゃく》（約一五〇センチ）あるかないか。地に引きずりそうなほどの長刀を鮮《あざ》やかに抜き放つ長い腕を持ち、俗に《黒羽織《くろばおり》》とも呼ばれる黒い羽織を羽織《はお》った分厚い体軀《たいく》は、岩塊《がんかい》のようにたくましい。

恐ろしげな風貌《ふうぼう》ながら、この顔が笑うと妙に可愛《かわい》げな愛嬌《あいきょう》があった。

腕利《き》きの御小人目付であり、片岡信正を「お頭《かしら》」と呼ぶ信正の右腕である。

中庭の木戸が開けられ、庭のほうから市兵衛が現われた。

市兵衛も今日は、正月らしく黒羽織を羽織ってきた。

手には、鎌倉河岸《かまくらがし》の酒屋で購《あがな》った年賀の下《くだ》り酒の徳利《とっくり》をさげている。

「兄上、新年のご挨拶にまいりました」

「市兵衛、きたか。早くあがれ」

信正が機嫌よく言った。

「市兵衛、遅いではないか。おぬしの顔を見ぬと、心配なのだ。ちゃんと年を越せたかどうか。市兵衛の変わらぬのどかな顔を見て、安心した」

「そうか。心配かけたな。こちらも弥陀ノ介の恐い顔を見て、ぴりりと締まった正月が迎えられそうだ」

二人はそんなことを言い合って、正月早々、高笑いをあげた。

市兵衛は縁側の沓脱《くつぬぎ》から座敷へ通った。

すぐに若党《わかとう》の小藤次《ことうじ》がきて、市兵衛の膳を手早く調《ととの》えて退った。

それから、本年もよろしくお願い申し上げます、よろしくな、などと改めて年賀の挨拶を交わし、さらに倅《せがれ》の信之助の大きくなった様子などをあれこれと話したあと、信正が少し改まって、「じつは、今年の正月は、市兵衛に話しておきたいことがあるのだ」とやおら言い始めた。

「はい。なんでしょうか」

市兵衛がのどかに訊《き》きかえした。

信正は、改まった顔つきを市兵衛へじっと向け、「急ぐ話ではないのだがな」と、少しもったいをつけた。

「この話は、弥陀ノ介にも、まだしておらぬ。ただ、佐波には話した。と言って、隠しておかねばならない話ではない」

信正は杯を口へ運んだ。

弥陀ノ介が信正を見て、おや？　と太い首をかしげた。

「去年の暮れ、と言うてもまだ数日前だ。忍田領のご領主・阿部豊前守武喬さまとお会いいたした。御留守居《おるすい》役を通して内々に話したいことがあると、豊前守さまよりのお申し入れであった。内々とは申せ、隠密の話ではないので、お会いいたした場所は御城中の湯呑《ゆのみ》所だった」

「ほう、湯呑所でございますか」

と、弥陀ノ介が意外そうに訊きかえした。

市兵衛は沈黙している。

「そうだ。茶を喫《きっ》しながらだ。お大名さまであっても、御城中ではゆっくりと茶を喫することもできぬのでな」

　信正は、真顔である。

「豊前守さまのお話は、以前にわたしのほうからお訊《たず》ねしていたある事柄のおこたえであった。忍田ご領内の内情にかかわるゆえ、どういう事柄かは言わぬが、ともかく、それが数日前、落着したというものであった。その後始末に、阿部家の萱山軍右衛門という国家老と中曾木幹蔵という用人が、役目を解かれ、両家は閉門、並びに両名は蟄居《ちっきょ》の身となった。これは、事柄が落着したばかりゆえ仮のご沙汰《さた》であり、正式なご沙汰は、年が明けてから詳細な詮議を行なったのち、くだすことになると申しておられた」

「正式なご沙汰でございますか」

　弥陀ノ介が言った。

「両名の切腹はまぬがれがたい。ただ、両家は家中の旧家であるため、双方の一門は残してやりたいとも申されていた」

「ご家老とご用人が切腹とは、それほどの事柄が忍田ご領内にて、あったのでございますか」

「ふむ。忍田領阿部家は徳川家の中枢《ちゅうすう》とも言うべき譜代《ふだい》大名だ。豊前守さまに内々にその事柄をお伝えし、われらが乗り出すのはしばらく控えるようにというご沙汰だったのだ」

「なるほど。それで……」

弥陀ノ介が頷《うなず》きつつ、杯をあげた。

「それにともない、入牢の身にあった笠木胡風という忍田領の儒者と妻の八枝が解き放たれ、東妻沼村の胡風庵という住まいに無事戻ったそうだ。笠木胡風は優れた儒者であり、家中に大勢の門弟や私淑《ししゅく》し師と仰ぐ者がいて、中には捕えられ、蟄居を申しつけられた者もいたそうだが、それらの者も解き放たれたのは、申すまでもない。市兵衛、何ゆえこの話を市兵衛にするのか、わかるか」

市兵衛はこたえず、ゆっくりと杯を口へ運んだ。

「市兵衛、わかるのかわからぬのか、はっきりせぬな」

弥陀ノ介が、おかしそうな顔つきを見せた。

ふむ、と市兵衛は曖昧に頷いた。

「唐木市兵衛、という渡りの用人仕事を生業《なりわい》にする侍がおり、唐木市兵衛がわたしの弟である噂《うわさ》があるが、それは真かと、豊前守さまに訊かれたのだ。つまり市兵衛、おまえのことを訊かれたのだ。豊前守さまは、どうやら奥方の摩維さまより、市兵衛の評判をお聞きになられたらしい。むろん、隠していることではないので、斯《か》く斯《か》く云々《しかじか》で片岡家を出てはおりますが、わが実の弟に相違ございません、と申しあげた。市兵衛に話しておきたいこととは、じつはここからだ」

信正が言い、弥陀ノ介が身を乗り出した。

「豊前守さまが申された。阿部家家中の重役に、子は娘ばかりの者がおり、ただ今長女によき婿《むこ》養子を探しておる。その者が市兵衛の評判と独り身であることを聞きつけ、それほどの評判が実事であるならば、わが娘婿にと望んでおられるそうなのだ」

そのとき弥陀ノ介が、ぐっ、となって噴き出すのを堪《こら》えた。

市兵衛は、困惑を苦笑に隠した。

「阿部家でも有数の一門であり、家柄は申し分ないし、長女も忍田領では評判の見目麗《みめうるわ》しい娘、だったが、今は三十近い見目麗しい女、ということらしい。あまりに見目麗しいゆえ、かえって婿の成り手がいなかったし、女のほうも気位が高く、相応の男子でなければ、というところがあったのかもしれん。しかし、市兵衛ももう四十歳になったな。歳は合うのではないか」

すると、弥陀ノ介は堪えきれず、ひくひく、と頑丈そうな肩を震わせた。

「急ぐ話ではない。ただ、できればなるべく早く返事がほしいと、向こうは言うておられるそうだ。それと今ひとつ、豊前守さまは申された。阿部家では今、軍事方師範役に相応《ふさわ》しい人物を求めている。これまでの師範役が急逝《きゆうせい》してな。師範役は家中の若く武芸に秀《ひい》でた者を、家柄にこだわらずにとりたてる所存だが、市兵衛を若い師範役の相談役として召し抱えたい、と申された」

「おう、それは凄い。市兵衛ならよい。おぬしに相応しいお役目だ」

弥陀ノ介が、抑えていた胸の内を吐き出すように言った。

それから、急に真顔に戻って訊いた。

「だが市兵衛、おぬし、何をやったのだ。阿部家にかかわりのある仕事を、何かやったのか。お頭、市兵衛は何をやったのですか。お頭はご存じなので？」

「いや。わたしも市兵衛が何をやったのか、まだ知らんのだ。豊前守さまも、詳《くわ》しくは話してくださらなかった。おそらく、豊前守さまも詳しくはご存じではなく、奥方さまよりのお申し入れだったのではないかと推量しておる。今日、市兵衛からその話を聞こうと思っている」

「市兵衛、聞かせろ。話せよ」

市兵衛は杯を止め、のどかな眼差《まなざ》しを弥陀ノ介に向けた。

「隠しているのではない。忍田ご城下ではすでに知られている話だ。ただ、少々こみ入っていて、話せば長くなる」

それから市兵衛は、信正へ見かえり、

「兄上、御鳥見役の一件は話してよろしいのでしょうか」

と訊いた。

「ふむ。弥陀ノ介にならよかろう。落着したのだから、阿部家にはもう障《さわ》りはないだろう。すでに表沙汰になったも同然だからな」

信正は、そこでやっと真顔を笑みに改めこたえた。そのとき、

「失礼いたします」

と、襖《ふすま》ごしに佐波の声が聞こえた。

襖が引かれ、信之助を寝かしつけてきた佐波が顔を出した。

「信之助は寝たか」

信正が訊いた。

「はい。なんだか今日は普段とは違うようで、眠いのに気を昂《たか》ぶらせて、なかなか寝つけないようでした」

「信之助には、初めての正月だからな」

佐波が市兵衛へ向き、「市兵衛さん、おいでなされませ」と微笑《ほほえ》んだ。

「義姉上《あねうえ》、新年のご挨拶にまいりました。本年も、よろしくお願いいたします」

市兵衛はうやうやしく手をついた。

「こちらこそ、よろしくお願いいたします。本年が市兵衛さんによいお年であり
ますように……」

佐波が言いかけ、あ、そうだ、と笑顔になって掌《て》を合わせ、目を輝かせた。

「よいお年と言えば、今年は市兵衛さんにおめでたい出来事がありそうな、本当
にいろいろとよいお年になりそうな、予感がいたします。ねえ、あなた」

「うん？　うん、そうだな」

信正が頷いた。

市兵衛と弥陀ノ介が、にやにや笑いを見交わした。

しかし、佐波はそれには気づかず、市兵衛に言った。

「あのね、市兵衛さん、今日は殿さまから市兵衛さんに、大事な大事なお話があ
るのですよ。あなた、市兵衛さんにあのことをお話しになって？」

「あのことを？　ああ、あれは佐波から話してやれ。わたしは上手《うま》く話せん」

と、信正は戯《たわむ》れた。

「まあ、あなたの実の弟なのに。あなたからお話しすべきですよ。市兵衛さんの一大事なのですよ。もしかしたら、いえ、間違いなく市兵衛さんの一生を左右する一大事なのですから」

佐波が真剣な、四十歳になってまだ妻のいない義理の弟の身がいささか心配そうな面持ちで言った。それから膝《ひざ》を乗り出し、

「あのね、市兵衛さん……」

と、話さずにはいられないというふうに話し始めた。

信正はふんふんと頷き、弥陀ノ介はにやにやし、市兵衛は殊勝な顔つきになって、佐波の話を聞いた。


その夜の五ツ（午後八時頃）すぎ、市兵衛は新橋《しんばし》の河岸場で、柳橋《やなぎばし》の船宿へ戻るという猪牙《ちょき》に乗ることができた。

手拭《てぬぐい》を頬《ほお》かむりにして着流しのいなせな船頭に、柳橋に戻る途中、深川《ふかがわ》油堀《あぶらぼり》の千鳥橋《ちどりばし》の河岸場へ寄ってもらいたい、と頼んだ。

油堀端の一膳飯屋の《喜楽亭《きらくてい》》が、正月早々から店を開けているかもしれな

い。開けていたら、渋井《しぶい》や助弥《すけや》、宗秀《そうしゆう》先生がいるかもしれないと思った。

開けていなければ、船を戻してもらって柳橋まで乗っていくつもりだった。

猪牙が油堀にすべりこむと、堀端の向こうに、軒にさがった赤い提灯《ちようちん》の明かりが見えた。

千鳥橋の河岸場で船からあがり、堤道を喜楽亭へ向かった。腰高の油障子に
《飯酒処　喜楽亭》と記した表戸を引くと、

「おう、市兵衛、正月早々、きたのかい」

と、渋井鬼三次《きさじ》が市兵衛に手をかざした。

瘦《や》せ犬が市兵衛の足下に駆け寄って、尻尾を盛んにふり、いらっしゃいやし、と言うように吠えた。

渋井鬼三次は、あの不景気面が現われると闇《やみ》の鬼《おに》がしぶ面《づら》になるぜ、と盛り場の顔利きや裏街道の親分衆らが言い始め、それが《鬼しぶ》という綽名《あだな》になった、北町奉行所定町廻《じようまちまわ》り方の同心である。

定町廻り方に正月も休みもないが、だがやっぱり定町廻り方にも正月はくる。

町奉行所の正月は、普段の町奉行所の仕事ではなく、正月の様々な儀礼や祝い事、そして何よりも挨拶廻りやその答礼を受けたりで、じつはけっこう忙しい。

正月休みは一月の十六日までで、仕事が始まるのは十七日からである。

渋井は、正月は正月なりに忙しい一日を終え、喜楽亭にひとりでやってきた。

手先の助弥は、昔の仲間らとの新年の祝いがあって今夜はそっちへ出かけた。

柳町《やなぎ》の蘭医《らんい》の宗秀先生は、「どっかのお金持ちのお店に、主人の快気祝いの新年の宴に呼ばれてどうたらこうたら……」と、姿はなかった。

文政七年の正月の今夜は、客は渋井ひとりだった。

渋井ひとりがぽつんとしていて、醤油樽《しょうゆだる》に長板をわたした卓を二台並べ、腰掛に客が十二、三人もかければ満席の喜楽亭の狭い店土間が、ちょっと広々として見えた。

渋井の隣に、小さな髷《まげ》の胡麻塩《ごましお》頭にねじり鉢巻《はちま》きを締めた亭主が腰かけ、寂《さび》しい渋井の相手をしている。ほかに客もいないので、亭主にしても、することがなかった。痩せ犬は、渋井の傍《かたわ》らで、退屈そうに尻尾をふっている。

「渋井さん、おやじさん、新年、おめでとうございます」

市兵衛は醤油樽の腰掛の、いつもの席について言った。

「おめでとう。市兵衛、よくきた。正月っていうのによ。さすがに市兵衛は、寂しい男でいいねえ。おめえのそういうところが、おれは好きだ。女はいねえし金もねえが、寂しさだけはたっぷりある。寂しさを相手に酒を呑むのが男だ。おやじ、酒だ酒。おやじと三人で、もう一度、新年の祝いをやろう」

「市兵衛さん、新年目出《めで》てえな。よし。市兵衛さんがきたことだし、雑煮《ぞうに》でも拵《こしら》えるか」

「雑煮か。いいね。市兵衛のために、おやじ自慢の雑煮を作ってやってくれよ」

「任《まか》せろ。その前に酒だ」

普段は無愛想な亭主が、正月の今夜は機嫌がよさそうに調理場へたち、痩せ犬が亭主を追いかけてゆく。

「喜楽亭が開いていたらと、寄ってみました」

「おれもだよ。休んでもつまらねえから、正月も店を開けると、暮れにおやじが言っていたからよ。のぞいたら、やっぱりおやじひとりさ。気の毒だから、つまらねえおやじの相手をしてやっていたのさ。そこへもうひとり、つまらねえ市兵衛がやってきたってわけだ」

「そうですね。つまらねえ男でも、三人寄れば文殊《もんじゅ》の知恵と言いますから」

あはは……

と、渋井はぐい飲みの酒を卓の上にしたたらせた。

「そうそう、正月と言やあ、市兵衛は年が明けて、四十歳になったんじゃねえのかい」

渋井が、ちぐはぐな目と八文字眉《まゆ》をいっそうしぶ面にして言った。

「はい。四十歳に相なりました」

市兵衛は、「つぎましょう」と、渋井のぐい飲みに亭主が運んできた燗《かん》の徳利を傾けた。

「市兵衛さん、四十歳になったかい。もうそんなになるかい。じゃあ、あっしも四十の祝いに一杯つごう」

亭主が、市兵衛のぐい飲みに酒をついだ。

「そうかい。またひとつ、みな歳をとったかい。まったく、新年目出てえな。無事歳をとることができてよう」

渋井がひねくれた物言いをし、三人でぐい飲みをあおった。

痩せ犬が、調子を合わせて吠えた。

「句ぎりの歳ですから、今年は嫁をもらうかもしれません」

市兵衛は呑《の》み乾《ほ》したぐい飲みをおき、真剣な眼差しを向けて言った。

「ええっ」

と、渋井が奇声をもらした。

亭主が、ほう、という顔つきをし、痩せ犬は吠えるのを止め、じっと市兵衛を見あげている。

渋井が、ちぐはぐな細い目を一杯に広げた。

「本気かよ。嘘《うそ》だろう、市兵衛」

「本気ですよ。嫁をもらう話があるのです」

「やめろよ、市兵衛。無理だよ。おめえは女に持てねえんだから、騙《だま》されているんだよ。妙な女に引っかかって、やっかいなことを背負いこんで、苦労するだけだぜ。なあ、おやじ」

「そうか。市兵衛さんが嫁っ子をもらうかい」

亭主が感心し、渋井は、正月早々なんだよ、というふうに唇を曲げた。

市兵衛はそんな二人の顔を交互に見比べ、やがて、に、と笑った。

「何しろ、もう四十の春ですからね」

笑みを投げながら、そう言った。渋井と亭主は、市兵衛の笑みを、冗談なのか本気なのかと訝《いぶか》るように見かえしつつ、

「もう四十の春ね」

「ああ、もう四十の春だでな」

と呟《つぶや》いた。

同じ夜、不忍池の茅町二丁目の芦穂里景の庵《いおり》に、静寂《せいじやく》のときが流れていた。

無理をして江戸に戻ったため、里景の疵《きず》が開いた。阿部家お抱えの医師が駆けつけ、再び疵を縫《ぬ》い、一時は容体が悪化したが、どうにか、小康《しようこう》を得た。

けれども、まだ当分は安静にしていなければならなかった。

例年の正月なら、西御丸下の阿部家上屋敷の奥方に年始のご挨拶に出かけるのが慣例だし、引きもきらず訪れる俳人や門人の年始の客は絶えないが、今年はこの疵のため、ご免をこうむっていた。

しかし、新年のこの夜、里景は頭に宗匠頭巾《ずきん》をつけ、羽織を肩に羽織って布団《ふとん》に端座《たんざ》し、明障子と縁側の戸を開け放った夜の庭を眺めていた。

少し身体が楽に感じ、新年ぐらい、一句詠《よ》もうと思ったのだった。

石灯籠に明かりが灯され、柘植《つげ》の生垣《いけがき》に囲われた庭に、ぼんやりと薄明かりを落としていた。

まだ冬の寒さではあっても、暗い庭のどこかしらにひそむ春の息吹きが感じられるのを、里景は探していた。

探しながら、またどうにか生き長らえて春を迎え、ありがたいことだと思っていた。

江戸へ戻って以来、里景はこの部屋で殆《ほとん》どをすごし、養生《ようじょう》を続けてきた。

客もすべて断わってきた。

ただ、奥方つきの年寄・お滝の方の見舞いは数度受けた。

お滝の方には、見舞いのたびに、あれからの阿部家の内情を教えられた。

胡風と妻の八枝が解き放たれ、ご家老の萱山軍右衛門とご用人の中曾木幹蔵が役を解かれ、蟄居のご沙汰がくだされたと知らされた。

里景は、胡風の門弟の中には疵ついた者や落命した者もいて、力およばず残念ではあったとしても、どうにか胡風を救い、胡風庵を残す役目だけは果たすことはできたことを知って、安堵を覚えた。

そして、安堵を覚えたとともに、それもこれも、すべてはあの唐木市兵衛という侍の働きのお陰だったことが、胸に痛みを覚えるほどにしみたのであった。

お滝の方より、奥方のねぎらいの言葉が伝えられ、そうして、唐木市兵衛の素性が、どうやら由緒ある公儀旗本の一門らしいとも聞かされ、里景は小さいけれども深い感動を覚えたのだった。

「そうか。唐木市兵衛とは、そういう男か……」

更《ふ》けゆく夜の庭に目を投げ、ふと、里景は呟いた。

「旦那さま、具合はいかがでございますか」

正助が縁側伝いに、里景の寝間へきた。縁側から部屋に入り、

「お寒くは、ございませんか」

と、里景の傍らにちょこんと坐《すわ》った。

「大丈夫だ。寒いのは気持ちいいくらいだよ。正助はもうお休み」

「はい。ではお先に休ませていただきます。ご用がありましたら、いつでもお声をかけてください」

「そうかい。けど、わたしが呼んでも、正助は起きたためしはないがな」

「そんなことはありませんよ。わたしはいつだって、旦那さまのおためになることばかり考えているのです。寝ているときだって忘れたことはありません」

「それはありがたいことです。正助と唐木市兵衛さんがいてくれたお陰で、わたしも人のために役にたつことができたのだからね」

「市兵衛さんか。ご用が終わってしまい、江戸の町のどこかに消えてしまわれま

した。惜《お》しいお侍でしたが」

と、正助は大人びた口調で言った。

里景は、正助の言い方がおかしく、くすくす、と笑い声をもらした。

そのとき里景は、急に物覚えがかすんでゆき、身体の力が抜けていくのが感じられた。

そのかすむ物覚えの中で、里景は、春の花の咲く野辺の道を、ひとりの武士の歩む姿を見た。美しい花が野辺一面にどこまでも咲き、その中の道を武士はゆっくりと歩んでくる。

そよ風が吹きわたり、武士のおくれ毛をそよがせていた。

青空に白い雲がたなびき、鳥影が天高く舞っていた。

花の野辺は静まりかえり、武士は里景を見て、微笑んでいた。

ああ、なんと清々《すがすが》しい笑顔だろう……

里景は思った。

「唐木さん、お供をお願いいたします」

言ったつもりだったが、はっきりしなかった。

里景は動けなかった。

まだ疵が癒えておらず、身体を動かせない。もうずっと動かせないかもしれないのだ。

しかし、そんなことはかまわない。心は自由自在に動くことができる。心を自在に遊ばせれば、これほど楽しいことはない。これほど面白いことはない。

わたしにはこの花の宴がある。わたしには俳諧《はいかい》がある。

里景は一句詠んだ。

武士《もののふ》の風たつ野辺ぞ花の宴

「旦那さま、お風邪を召しますよ」

正助は、端座したまま眠ってしまった里景に言った。

「旦那さま、旦那さま……」

そのとき芦穂里景は、静かに、穏やかに、深い眠りについたのだった。

一〇〇字書評

待つ春や

切り取り線

購買動機（新聞、雑誌名を記入するか、あるいは○をつけてください）

□（　　　　　　　　　　　　　　　　　　　）の広告を見て
□（　　　　　　　　　　　　　　　　　　　）の書評を見て
□ 知人のすすめで　　　　　□ タイトルに惹かれて
□ カバーが良かったから　　□ 内容が面白そうだから
□ 好きな作家だから　　　　□ 好きな分野の本だから

・最近、最も感銘を受けた作品名をお書き下さい

・あなたのお好きな作家名をお書き下さい

・その他、ご要望がありましたらお書き下さい

住所	〒				
氏名		職業		年齢	
Eメール	※携帯には配信できません		新刊情報等のメール配信を 希望する・しない		

この本の感想を、編集部までお寄せいただけたらありがたく存じます。今後の企画の参考にさせていただきます。Eメールでも結構です。

いただいた「一〇〇字書評」は、新聞・雑誌等に紹介させていただくことがあります。その場合はお礼として特製図書カードを差し上げます。

前ページの原稿用紙に書評をお書きの上、切り取り、左記までお送り下さい。宛先の住所は不要です。

なお、ご記入いただいたお名前、ご住所等は、書評紹介の事前了解、謝礼のお届けのためだけに利用し、そのほかの目的のために利用することはありません。

〒一〇一‐八七〇一
祥伝社文庫編集長　清水寿明
電話　〇三（三二六五）二〇八〇

祥伝社ホームページの「ブックレビュー」からも、書き込めます。
www.shodensha.co.jp/bookreview

祥伝社文庫

待《ま》つ春《はる》や　風《かぜ》の市兵衛《いちべえ》

平成28年10月20日　初版第1刷発行
令和5年12月15日　第8刷発行

著者　辻堂《つじどう》魁《かい》
発行者　辻　浩明
発行所　祥伝社《しょうでんしゃ》
東京都千代田区神田神保町3-3
〒101-8701
電話　03（3265）2081（販売部）
電話　03（3265）2080（編集部）
電話　03（3265）3622（業務部）
www.shodensha.co.jp

印刷所　堀内印刷
製本所　ナショナル製本
カバーフォーマットデザイン　中原達治

Printed in Japan ©2016, Kai Tsujidou ISBN978-4-396-34254-8 C0193

祥伝社文庫の好評既刊

辻堂 魁
風立ちぬ ㊦
風の市兵衛⑦

市兵衛誅殺《ちゅうさつ》を狙う托鉢僧《たくはつそう》の影が迫る中、市兵衛は、江戸を阿鼻叫喚の地獄に変えた一味を追う！

辻堂 魁
五分《ごぶ》の魂
風の市兵衛⑧

人を討たず、罪を断つ。その剣の名は――〝風〟。金が人を狂わせる時代を、〈算盤侍〉市兵衛が奔《はし》る！

辻堂 魁
風塵《ふうじん》 上
風の市兵衛⑨

唐木市兵衛が、大名家の用心棒に⁉ 事件の背後に、八王子千人同心の悲劇が浮上する。

辻堂 魁
風塵 下
風の市兵衛⑩

わが一分《いちぶん》を果たすのみ。市兵衛、火中に立つ！ えぞ地で絡《から》み合った運命の糸は解けるのか？

辻堂 魁
春雷抄《しゅんらいしょう》
風の市兵衛⑪

失踪した代官所手代を捜す市兵衛。夫を、父を想う母娘のため、密造酒の闇に包まれた代官地を奔る！

辻堂 魁
乱雲《らんうん》の城
風の市兵衛⑫

あの男さえいなければ――義の男に迫る城中の敵。目付筆頭の兄・信正《のぶまさ》を救うため、市兵衛、江戸を奔る！